岩波文庫

32-405-1

若きウェルテルの悩み

ゲーテ作
竹山道雄訳

岩波書店

DIE LEIDEN DES JUNGEN WERTHERS

1774

Johann Wolfgang von Goethe

目次

若きウェルテルの悩み

薄倖《はっこう》なウェルテルの身の上について、捜しだせるかぎりのものを集めました。ここにそれをお目にかけます。皆様はきっと感謝してくださるでしょう。そして、この人の精神と心情を褒《ほ》め、また愛して、その運命に涙を惜しみはなさらないでしょう。

さらに、よき心の人よ。もしあなたにもウェルテルとおなじく胸にせまる思いの抑えがたいものがあるなら、彼の悩みから慰めを汲みとってください。また、宿命にもせよ、おのが罪からにもせよ、あなたが親しい友をみいでることができないでいるなら、この小さな本をとってあなたの伴侶としてください。

第一巻

一七七一年　五月四日

離れてきてしまってほんとうによかった。友よ、人間の心というものはふしぎなものだね。あれほども懐かしく去りがたかった君から別れて、しかもよろこんでいるのだから！　しかし、君は赦してくれるだろう。君以外の人たちとのあのいきさつは、まさに私のような人間をくるしめようとて、運命がわざわざ選びだしたようなものだった。レオノーレにはほんとうにきのどくなことだった！　でも、私には罪はないのだよ。どうにも仕方はなかった。あのひとの妹のもっている独特の魅力が私には楽しかったのだが、そのうちにあのひとの心の中で私への情熱がきざしてしまったのだもの。といっても――私はまったく潔白だろうか？　あのひとの気持をそそったようなことがなかったろうか？　あのひとの素朴な振舞いをべつにおかしくもないのに皆でよく笑ったものだったが、この私もそれを面白がっていたし、その上――。おお、こんなに自分の愚痴をいうとはなんたることだろうかね！　友よ、君に約束するが、私は自分を改めて、運命がわれらに課したわずかばかりの苦しみを、もはやこれまでの習いのようにくよくよと思い煩うことはやめるつもりだ。私は現在のものを享受しよう。過去は過去としよう。まったく、君のいうとおりだ。もし人間が――どうしてこんなふうに作られたものかはしらないが――これほどにも空想力をはたらかして不幸な思い出に耽溺することをしないで、もっと虚心に現在に堪えてゆきさえすれば、人の世の苦しみははるかに少いにちがいない。

どうか母に伝えてくれたまえ、依頼の用件はちゃんとはからって、できるだけ早く報告します、と。*叔母とも会ったが、けっしてみなが思いこんでいるような悪い女じゃなかった。快活な熱情家で気のいいひとだ。遺産の分け前がまだ皆済《かいさい》になっていないので、母が不満に思っている点を説明したら、その理由や原因をのべ、これこれの条件さえ具わればいつでも全部をひきわたす、それもわれわれが要求している以上を、というのだった。まあ、今はこんなことはもう書くまい。万事うまくゆくだろう、と母にいってくれたまえ。友よ、こんなささいな事件にかかわってみても、いつもながら経験することだが、世の中のいざこざの因《もと》になるのは、奸策や悪意よりも、むしろ誤解や怠慢だね。すくなくとも、前の二つの方がまれなことはたしかだ。

ともあれ、私はここで元気だ。この天国のような地方にいて、孤独は私のこころにとって、貴い匂い油のようだ。若々しい季節はおびえがちな私の心を温め、充たし、溢れさす。どの木もどの籬《まがき》もおのがじし花束になっているし、できたら黄金虫《こがねむし》となって、このかぐわしい匂いの海にただよい、その中からわが身の養いを吸いとりたいほどだ。

ここの町そのものは感じがよくないが、そのかわり、周囲の自然のうつくしさはいいようもない。これにひかれて、亡きフォン・M伯はとある丘の上に庭園をつくらせた。あたりの丘は千変万化のうつくしさのうちに交叉して、やさしい谷間を形づくっている。この庭園は簡素ながらに、一歩そこに足をふみいれると、これを構想したのはけっして理窟っぽい造園家ではない、感ずる心がみずから楽しむためにプランをひいたのだ、ということがおのずからうなずかれる。荒れはてた小さな四阿《あずまや》があって、かつては故人が好んでそこに坐ったところだが、いまは私が好んでそこに坐って、もう幾度も亡き人のために涙をながした。まもなく私はこの庭のあるじとなるだろう。知りあってからまだ二日三日のことだが、園丁も私に好意をみせてくれるし、私も彼にいやな思いをさせることはないだろう。

五月十日

いま胸いっぱいに味わっている甘美な春のあした、それとひとしい爽かさが、私の魂をのこるくまなく浸《ひた》している。私はひとりで生きて、私のような心のためにつくられたこの土地に暮して、わが生を楽しんでいる。友よ、私は幸福だ。静穏な存在という感情の中にすっかり溺れてしまっているので、おかげで製作の方はさっぱりすすまない。今は絵などかけそうもない。一本の線も引けそうもない。しかも、こうしているこの瞬間ほど、私が偉大な画家だったことはいまだなかった。やさしい谷が身を繞《めぐ》って煙っている。沖天の太陽はわが森にこめた闇の外にたゆたい、わずかに二すじ三すじの光線がその聖き奥へと洩れ入っている。そして、私は流れおちる瀬のほとりの背の高い草の中に臥して、大地にちかく寄り添いながら、さまざまの小さな草にむかって好奇の目を瞠《みは》る。ならぶ茎のあいだの小さな世界のうごめき。這《は》う虫や飛ぶ虫の無数の姿。これらのものに心うたれながら、私はただちに感じる、おのれが姿に象《かたど》ってわれらを創造したまいし全能なる者の現前するを。また、われらを永遠の歓喜のうちにただよわせつつ支え保つ、一切を愛する者の息吹《いぶ》きを。さらに、友よ、やがて時も移って、わが双の目のほとりはたそがれ、天も地もさながら恋人の面影のごとくにわが魂の中に安らう。――このようなとき、私はしばしばあくがれ、思う。「ああ、かくもゆたかにかくもあつくわが心の中に生きているものを、描きだすことができたら。画箋《がせん》の面に浮かびあがらせることができたら。わが魂が無限の神の鏡であるとおなじく、その紙をわが魂の鏡であらしめることができたら！」――さあれ、友よ、私はこれによって滅ぶ。私はこの壮麗な現象の力に圧倒されてくずおれる。

五月十二日

人を惑わす精霊がこの地方には漂っているのだろうか。または、この世ならぬあたたかい幻想が私の胸にあって、あたりのものなべてをかくも天国に化して見せるのだろうか。町のすぐ外に泉がある。私はちょうど*メルジーネとその妹たちのように、この泉に呪縛されてしまった。小さな丘を下ると、とある穹窿《きゅうりゅう》の前へ出る。そこを二十段ほど降りてゆくと、下に、澄みきった水が大理石の岩のあいだから湧きでている。上の方に繞《めぐ》らされている低い壁、あたりを覆う高い木立ち、ここの冷気、すべてのものは心を魅して胸に浸み入るようだ。私はここに一時間ほど坐っていないと、一日もすごすことができない。すると、町から娘たちがやってきて、水を汲んでゆく。これこそはそのむかし王の娘たちすら手ずからなしたもうたという、おおどかなしかもなくてはならぬ仕事だね。ここに腰を下していると、かの族長時代の想念が*──遠つ祖《おや》たちが泉のほとりで知りあって求婚するさま、また井戸や噴き上げのほとりに恵みある霊たちが漂っているさま──が身をめぐっていきいきと蘇ってくる。おお、この思いをともにしない人は、いまだくるしい夏の日の流浪の後に、泉のほとりの涼しさに体を医《いや》したことがないのであろう。

五月十三日

私の本を送ってやろうか、とおっしゃるのですかね？　おねがいだ、それは勘弁してくれたまえ。もうこの上指導されたり、鼓舞されたり、火をつけられたりはしたくない。この胸はそれだけで十分に湧きかえっている。私がほしいのは子守歌だ。そして、これなら、わが愛するホーマーの中にいくらも見いだせる。激昂《げっこう》する自分の血を、私は幾度歌をうたってねかしつけたことだろう。この胸ほどさだかならず移ろいやすいものを、君は見たことはあるまいよ。いや、いまさらこんなことをいうことはないね。君はもうずいぶん厭《いや》な思いも我慢して、私が苦悶から奔放へ、甘美な憂愁から荒廃した激情へと移ってゆくのを見ていてくれたのだから。私は自分の心をまるで病気の子供のように扱っている。つまり、なんでもいうことをきいてやるのさ。これは誰にもいわないでくれたまえ。悪くとる人もいるからね。

五月十五日

この町の下層の人たちは、もう私を知って、愛してくれる。ことに子供たちがそうだ。はじめのうちは、この人たちの仲間に入って隔意なくあれこれと物を尋ねたりすると、ある人は自分を嬲《なぶ》りものにするのだと思って、そっけなく相手にしてくれなかった。私はべつにいやな気もしなかった。ただ、これまでしばしば感じたことを、さらにつくづくと感じた。つまり、いくぶんでも身分のある人は庶民にむかってつねに冷たい距離をおいて対している。うっかり近づくと損をするとでも思っているかのようだ。かと思うと、軽薄な人間や性の悪い道化役者もいて、へり下ったように見せて、じつは貧しい人たちにますます自分の尊大を感じさせたりする。

私はよく知っている。われわれは平等ではない、またありえもしない。しかし、思うのだが、威厳を保たんがためにいわゆる賤民から遠ざかる必要があると信じている人間は、敗北をおそれて敵から身をかくす卑怯者と、同じ非難に価いする。

ついさきごろ、私が泉に行ったとき、一人の若い召使いの娘がきていた。彼女は水甕《みずがめ》を一ばん下の段において、誰か朋輩がきて手をかしてそれを頭の上にのせてくれないかと、あたりを見まわしていた。私は降りていって、娘をじっと見た。「手伝いましょうか、娘さん」と私はいった。娘はみるみる顔をあからめて、「いいえ、旦那さま、それには」といった。「遠慮しなくてもいいよ」――それで彼女は頭の上の下敷きをおきなおし、私は手つだってやった。娘は礼をのべて、階段をのぼっていった。

五月十七日

さまざまの知合いはできたが、交友はまだ見つからない。私のどういうところが人をひきつけるのか自分には分らないが、多くの人が私を好いてくれ、近よってきてくれる。それだのに、われらが共に行く道はごく短いのだから、悲しいことだ。ここの人々はどんなふうだ、ときかれるなら、よそと同じだ、と答えるほかはないよ。しょせん人間というものには型は一つしかないね。たいていの人間は大部分の時間を、生きんがために働いて費す。そして、わずかばかり残された自由はというと、それがかえって恐ろしくて、それから逃れるためにありとあらゆる手段を尽くす。おお、人のさだめよ！

それにしても、善良な人たちだよ！ ときどき自分というものを忘れて、小綺麗《こぎれい》に支度した食卓で心おきなくうちとけて冗談をいいあったり、ほどよいときに馬車の散歩や舞踏会を催したり、こうしたまだ人間にゆるされている喜びをともどもに味わうと、私はほんとうに気が晴れる。ただ、こういうような時にも、思いだしてはならないことがある。それは、自分にはこんなことをするよりもまだもっと多くのほかの力が残っている、自分はそれを使わないままにむなしく朽ちさせている、しかも用心に用心をしてそれを人には匿《かく》していなくてはならない、ということだ。ああ、これを思うだに胸がしめつけられるようだが——、しかし！ 誤解されるということは、われらごとき者の宿命にちがいない。

ああ、少年時代のあの女の友がいまは亡き人となったとは！ ああ、かつてあのひとを知っていたのに！ ——痴《し》れ者よ、おまえはもはやこの地上で求めてかなわぬものを求めている。思えばこうもいうべきだろうけれども、ただあのひとは私のものだった。私はあの心に、あの大いなる魂に触れていた。その前にいるとき、自分がありうる一切のものであったがゆえに、自分が自分以上のものと思われた。おどろくべきかな、あのとき、私の魂の中には働かないでいる力は一つもなかった。彼女の前にあるときは、わが心は霊妙な官能の一切を高揚させて、自然を抱擁することができたではないか？ われらの交わりこそは、こまやかな感受性とするどい機智を果つることなく綾に織りなし、くさぐさの形に姿を変えて、ときにはめずらかな技巧をもこらして、なべて天才の刻印を押されていたではないか？ しかも、いまは！――私よりも長じていたあのひとの歳は、私に先んじてあのひとを墓へとつれさった。私はあのひとを忘れまい。あの堅固な稟質《ひんしつ》と神にも似た忍苦を忘れまい。

二三日前に、私はV……という若い人に会った。ととのった容貌の、あけっぴろげな人だ。大学を出たばかりで、とくに聡明だとうぬぼれているわけではないが、それでも他人よりは物知りだと自負している。勉強家であることは何かにつけてよく分るし、とにかく相当な博識家であることはたしかだ。私がしきりに*絵をかいていて、ギリシャ語もできる(ドイツでは、これが二つの流星みたいなもので、人をおどろかすに足る)ときいて、私のところにたずねてきて、たくさんの知識を並べたてた。*バトーから*ウッド、*ド・ピルから*ウィンケルマン、さては*ズルツァーの理論の第一部をのこらず通読した、さらに古代研究に関する*ハイネの講義のノートを持っている、と断言した。はい、はいと、きいてはおいたが。

もう一人、これは立派な人と知りあいになった。*公爵家の法官で、率直な誠実な人だ。子供が九人あるそうだが、この人がそのあいだに坐っているときの様子は、見ただけで心が楽しくなるということだ。とりわけ上の娘のことを誰でもしきりに噂をする。私を招いてくれたので、近いうちに訪問しようと思っている。彼はここから一時間半ほど離れた領主の狩猟館に住んでいるが、妻に死なれたあと、この町にいて官舎に暮すのは悲しみの種だからとて、許可をえてそこに引き移ったのだそうだ。

そのほか二三の調子のくるった変人とも行きあったが、この連中にはどうも我慢がならない。なれなれしげな友情を示されることに、何よりも閉口する。

さようなら。この手紙は君の気に入るだろう。歴史的だ、つまり事実の報告に終始したからね。

五月二十二日

これまでに多くの人が、人の一生は夢にすぎない、と考えた。そして、この思いは私にもつねにつきまとって離れない。活動したり探究したりする人間の力には、限界があって制約されている。すべての人の営みは、しょせんはさまざまの欲求を満たすためのものだ。しかも、この欲求とて、そのねがうところはただ、われらのこの哀れな存在を引きのばそうとするにすぎない。探究があるところまで達したとて、そこで安心を得ているのは、夢を描いての諦念にほかならず、おのれを囚《とら》えて閉じこめている四つの壁の面に、彩《あや》ある姿やあかるい風景を描いているのだ。――こうしたことすべてを見るとき、ウィルヘルムよ、私はただ口を噤《つぐ》むよりほかはない。私はおのれが心の内面にたち返って、ここに一つの世界をみいだす！　具象化されたもの、はた生きて働く力よりも、むしろ予感とおぼろげな希求のうちに、いつもながらわが世界がある。ここにあってこそ、万有はわが感覚の前に漂い、私は夢みつつこの世界にむかってほほ笑みかける。

子供は意欲しながらその理由をしらない、ということについては、博学な学校の先生も家庭の教師も見解が一致している。しかし、成人といえども、じつは子供とおなじように、この地上によろめきながら、いずくより来《きた》りいずくに行くかをも知らず、真の目的にしたがって行為することもなく、やはりビスケットや菓子や白樺の笞《むち》によって操縦されているものなのだ。このことを誰も信じようとはしない。これほどにも明々白々の事実なのだがね。

こういえば君がなんと答えるかは分っている。私の方からいってしまおう。その日その日を子供とおなじように暮して、人形を引きずりまわして脱がせたり着せたりし、ママが砂糖パンをしまっておいた抽斗《ひきだし》のまわりを息をころして忍びあるき、とうとうねらっていたものをうまくせしめて頬ばって、それから「もっと!」と叫ぶ、こうした人間が一番幸福なのだ。また、自分の愚劣な仕事や、ときには自分の欲情にまでも堂々たる名称をくっつけて、これぞ人類の福祉繁栄のための大事業だと押売りする連中も、たしかに幸福だ。こういうことができる人は幸いなるかな!――だが、謙抑にも、こうしたことは結局はどういうことであるかを見抜いている人もある。またさらに、心足《た》ろうた市民ならばわが家の庭をかざってそれを一つの楽園に作りなすことができるし、不幸な身の上の人といえどもその重荷にあえぎながらも倦《う》まずに道をつづけてゆくものだし、なによりも万人はひとしく太陽の光を一分でも長く見ていたいとねがうものだ、ということを承知している人もいる。こういう人々は、しずかに黙して、自分の世界を心の内面からつくりだす。かくて、この人は人間であるが故に幸福である。そして、いかに大きな制約をうけながらも、つねに自由という甘美な感情を、いつでものぞむときにこの囚屋《ひとや》を出てゆくことができるという気持を、おのが心の底にたたえている。

五月二十六日

君は前から知っているね、私の住み方を。どこか気に入ったところに小屋を建てて、できるだけ簡素に起居したい。ここでもある場所を見つけたが、それにたいへん心を惹《ひ》かれてしまった。

この町から一時間ほどのところに、ヴァールハイム(原注)とよばれる村がある。丘に添うそのたたずまいは面白く、村から出て上の小径《こみち》をゆくと、にわかに一面の谷を見はるかす。年をとってはいるが愛想がよくて快活なレストランのかみさんが、葡萄酒《ぶどうしゅ》やビールやコーヒーを給仕してくれる。そしてなによりの御馳走は、二本の菩提樹《ぼだいじゅ》だ。それは枝をひろげて、教会の前の小さな広場を覆っている。農家や納屋や中庭がこの広場のぐるりをとりまいている。

これほどにも親しみのあるしみじみとした場所を、まだ見たことはなかった。それで、レストランからここまで自分用の卓と椅子をもってこさせ、ここでわがコーヒーをのみ、愛するホーマーを読む。ある晴れた午後に、はじめて偶然にこの菩提樹の下にきたときには、この広場はひっそりとしていた。人はみな畑に出ていた。ただひとり四つばかりの男の子が地面に坐って、もうひとりの半歳ばかりの児をその両足のあいだに坐らせて、両腕で自分の胸に抱きよせ、ちょうど安楽椅子のような役をしていた。黒い目であたりを見まわす様子はずいぶんやんちゃらしいのに、それでも静かに坐っていた。この光景がすっかり私の気に入った。向いに置いてあった鋤《すき》の上に腰をおろして、このむつまじいポーズを心たのしくスケッチした。かたわらの垣根と納屋《なや》の入口、それからいくつかの壊れた車輪を、並んでいる順に奥に描《か》き加えた。一時間たってみると、自分の意図はすこしも交えないのに、よく整って、非常に面白い絵ができあがっていた。このことから、これからはただひたすらに自然のみに拠ろうという決心をかためるようになった。

自然のみが無限に豊かである。自然のみが大芸術家をつくりうる。芸術における規則の利益ということについてもいろいろにいうことはできよう。しかし、それは市民社会を讃美していうることと、ほぼ同じである。ちょうど法則と礼儀の型どおりに育った人が、けっして持てあましものの隣人やひどい悪党になることがないように、規則にしたがって修行する作家はけっして没趣味な俗悪なものを製作はしない。しかし、その半面、一切の規則というものは、誰がなんといおうとも、自然の真の感情と真の表現を破壊してしまう！ 「それはいいすぎだ。規則はただ制限し、むだな蔓《つる》を刈るだけだ。云々」と君はいうのかね。よろしい、君、一つの比喩をもちだしてくれたまえ。それは恋の場合と同じことだよ。ある青年が少女に恋をして、毎日朝から晩までそばを離れず、ただ身も心も献げきっていることをつねにつねにあらわそうとて、力も財産も費《つか》いはたす。そこに一人の俗物がやってくる。公職についている人物だね。そしていう。「優雅なる若き紳士よ。恋は人間的である。されば君は人間的に恋しなくてはなりませんぞ！ 君の時間を区分して、ある時間を勤労にあて、休みの時間を彼女にあてよ。君の財産を算定し、必要経費の残余をもって——それも過度にわたっては相ならんが——誕生日ないしは命名日などに彼女に贈り物をせらるる、それはあえてさまたげない。しかじか。」もし青年がこれに従えば、彼は有為な青年であり、私とて役所に御採用くださいと彼をどこかの領主にすすめもしよう。ただ、彼の恋はもうそれでお終《しま》いだ。もし彼が芸術家なら、彼の芸術はもうそれでお終いだ。おお友よ！　君たちの魂を撼《ゆす》っておののかしむべく、いかなれば天才の激流の迸《ほと》ばしることかくは稀《まれ》に、高き潮にたぎることかくもめずらしいのであろう？　よき友らよ、その両岸には冷静なる紳士たちが住んでいて、天才の奔流のためにかれらの四阿《あずまや》やチューリップの花壇や野菜畠が壊滅しないようにと、あらかじめ堤防や疏水をつくって、あるいは来《きた》ることあるべき危険にそなえているのだ。

原注　読者はここにあげた地名をおさがしにはならぬように。原文の中の原名は変更しなくてはなりませんでした。

五月二十七日

どうやら夢中になりすぎて、比喩と雄弁に陥って、あの子供たちがどうなったかを終りまで話すのを忘れてしまったようだね。昨日の手紙で断片的にのべたとおり、私は作絵の感興にすっかりひたって、二時間ほども鋤《すき》の上に腰かけていた。すると夕方になって、若い女が腕に小さな籠をかけて、ずっとじっとしていた子供たちの方にやってきて、遠くから呼んだ。「フィリップスや。いい子だったねえ」――。それから私に会釈をした。私もそれに返して、立ち上り、近づいていって、この子たちの母親なのかとたずねた。そうだという返事だった。そして、女は上の子に白パンを半分あたえ、小さい子を抱きあげて、いかにも母親らしい愛を罩《こ》めて接吻した。――「わたくしはフィリップスに小さいのをあずけて」と彼女はいった、「総領をつれて町にいってまいりました。白パンとお砂糖と粥鍋《かゆ》を買いますので。」――蓋のとれた籠の中に、そうした品が入っているのが見えた。――「このハンス(これが末子の名だった)に晩にはスープを煮てやるつもりでおりましたら、いたずらっ児の長男が昨日お鍋をこわしてしまいました。フィリップスとお粥の残りを奪いあいしたのでございます。」私は長男はどうしているとたずねた。すると、あの子は草原で鵞鳥を追いまわしていますと女が答えかけたときに、その子は跳《と》んできて、次の子に棒の鞭をもってきてわたした。私は女となおしばらく話をつづけ、このひとが学校の先生の娘であること、夫は従兄の遺産を受け取りにスイスに旅していること、などをきいた。「みなでなんとかして夫から欺してとろうとしたのでございます」と彼女はいった、「手紙をやっても返事もよこしません。それで、こちらから出むきました。悪いことでも起っていなければよろしゅうございますが。なにせい便りもありませんので」――。この女に別れるのが惜しい気がした。それで、子供のひとりひとりに一クロイツァーをあたえ、こんど町に行ったら末子のためにスープに入れる白パンを買ってくるようにと、母親に一クロイツァーを渡し、とうとう別れをつげた。

友よ、まったくのところ、私は自分の気持が抑えかねるようなときにも、こうした人たちを見ると胸の擾乱《じょうらん》もしずまるね。この人たちはその狭い境涯を幸福な平穏のうちにすごして、今日から明日へとなんとか凌《しの》いでいって、木の葉が落ちるのを見れば、ああ冬が来るなと思い、そのほかは何も思わないのだ。

このとき以来、私はよく出かけてゆく。子供たちはすっかり私になついて、私がコーヒーをのむときには砂糖をもらい、夕方にはバタつきのパンと酸乳を私と分けて食べる。日曜日にはきっと例の一クロイツァーがあるし、夕べの祈禱の時間がすぎても私の姿が見えなければ、それをかれらに手渡しするのはレストランのかみさんの役目である。

子供たちは打明けて、なにもかも話してくれる。とりわけ私に興味があるのは、もっとほかの大勢の村の子供たちが集ったときの、かれらのはげしい感情やむきだしな欲求のあらわれだ。子供たちがこの身分のいい旦那様のお邪魔になりはしないかという、母親の気づかいをなだめるのが、むつかしかった。

五月三十日

このあいだ絵画についていったことは、たしかに文学についてもあてはまる。要は、本質的な点をつかんでそれを大胆に表現する、ということに帰する。こういえば、言葉はすくないが意味は深長だ。私は今日或る一つの情景に接したが、それをそのまま写しとれば、世にもうつくしい牧歌となるにちがいない。とはいえ、文学、情景、牧歌、こうしたことになんの意味があろう？われわれはなにより自然の発露に沈潜すべきであって、技巧のごときは末ではないか？

こうした前置きを読んで、これは何かひどく高尚なことがはじまると期待したら、それは君の思いちがいだね。私をこれほどにも夢中にならせたのは、じつは一人の若い農夫だ。——例によって私の物語りは下手だし、例によって君は私が誇張していると思うだろう。所はまたしてもヴァールハイム。いつもながらのヴァールハイム。あそこだよ、こうした珍しい話がおこるのは。戸外の菩提樹の下で、人々があつまってコーヒーをのんでいた。いくらか肌合いがちがう人々でもあったので、私は口実をもうけて離れていた。

一人農夫の若者が隣りの家から出てきて、私が先日スケッチをした鋤《すき》のどこかを修繕しはじめた。その様子が気に入ったので、私は話しかけ、彼の境遇をたずねた。まもなくわれわれはすっかり知合いになり、こういうふうの人々とは私はいつもそうだが、すぐに親しくなってしまった。その話によると、彼はある後家さんのところに奉公していて、たいへん可愛がられているということだった。その女主人のことをあれこれと話して褒《ほ》めちぎるので、その女に身も心もうちこんでいることがよく分った。「おかみさんはもう若くはございませんが」と彼はいった、「最初の御亭主にひどくされて、再婚の気はないと申します。」彼の物語りをきいていながらはっきりと感じられたことだが、この男にとって、女主人はどれほどやさしく美しい女であろう。最初の夫のいやな思い出を消すために、自分をえらんでくれればいいがと、どれほど願っていることだろう。この人のひたむきな愛着と恋と誠をまざまざと伝えるためには、その一語一語をもれなく繰りかえさなくてはなるまい。そしてまた、彼の身振りの表情や、その声音《こわね》のひびきのよさ、その眼差《まなざ》しにひそむ情炎をいきいきと描きだすためには、大詩人の天分がなくてはなるまい。いな、彼の人となり全体と面《おも》にうかぶやさしさは、それをあらわす言葉がない。いかに再現しようとつとめても、すべて鈍いものになってしまう。ことに私の心をうごかしたのは、私が彼と女主人との関係を不倫と思いはしないか、女の正しい素行を疑ったりしはしないだろうかと、彼がおそれているることだった。彼女の容姿について、また、もう若々しい魅力もないのにあらがいがたく惹《ひ》きよせて心を縛ってしまうその肉体について語るとき、この男がどんなに感じがよかったことだろう！　そのさまを、私はただ心の奥で思いかえすことができるばかりである。いままでに、かくも切ない欲情をもまた熱いあくがれをも、このような純粋な形で見たことがなかった。いな、いわばこのような純粋な形では考えたことも夢みたこともなかった。このようにいうからとて叱責したもうな。——あの無垢《むく》と真実を思い出すごとに、私の魂の秘奥は燃えあがる。あの誠実と可憐の姿はいずくにいても私を追う。そして私は、みずからもその炎に焼かれるがごとくに、渇えこがれる。

私もこの女主人をできるだけ早く見てみよう。いな、思いかえして、それを避けよう。恋人の目を通じてその女を見ているに越したことはない。彼女が私の目の前にあらわれれば、それはおそらくいま私の前にある姿ではあるまい。なにしにこの美しい幻を破壊することがあろうぞ！

六月十六日

なぜたよりをしないかって？——そんなことをきくなんて、それじゃあ君もやっぱり学者先生のお一人だね。察しがつかないのかなあ、私は無事で、しかも——。簡単にいうと、私には一人の知合いができた。それが私の心をすっかり占めている。私はね——さあなんといったらいいか。

世にも愛らしいこの娘を知るにいたった顚末《てんまつ》を、順序だてて話すことはむつかしい。私は幸福でたのしい。だから、史実の記載はうまくできないね。

天使！——やれ、やれ！　だれでも自分の恋する女のことをそういう。だろう？　それでも私は、彼女がいかに完全であるか、いかなれば完全であるか、を君にはいえない。あのひとが私のあらゆる感覚を捉《とら》えてしまったのだから。

あれほど理智的でありながらしかも無邪気で、あれほどしっかりしていながらしかも優しく、あれほどいきいきと働きながらしかも魂の平安をたもっている。——

あのひとについてこんな事をいってみても、それはみな愚劣な饒舌《じょうぜつ》だ。くだらない抽象だ。今すぐあのひとの面影をすこしもつたえはしない。またいつか——。いや、またいつかではない。今すぐに話してしまおう。いま書かなければ書くときはない。というのは、打明けるとね。私はこの手紙を書きだしてから、もうすでに三度もペンをおいて、馬に鞍をつけさせて、騎《の》って行こうとした。今朝こそは出かけまいと誓ったくせに、それでもひっきりなしに、太陽はもうどのくらい昇ったかと窓のところに行ってみる……。

とうとう自分をおさえることができなくなって、あのひとのところへ行ってしまった。いま帰ってきた。そして、これから夜食のパンにバタを塗って食べて、ウィルヘルム、君にあてて書きはじめようとしているところだ。私の魂にとってなんというよろこびだろう、あのひとが可愛らしい元気な子供たち、八人の弟妹にかこまれている光景を見ることは！——

こんなふうに書きつづけていったら、どこまでいっても同じことだ。君にはなんだか分るまい。きいてくれたまえ。これからつとめて詳しく話すから。

先日書いたとおり、私は法官S……氏と知合いになり、近いうちに彼の隠棲の地、というよりもむしろ彼の小さな王国だが、を訪ねるようにといわれていた。私はそれも果さずにいた。もし偶然があの静かな土地にかくれている宝を掘りだしてくれなかったら、私は行かずにしまったかもしれない。

知合いの若い人たちが田舎で舞踏会を催すというので、私もよろこんでそれに加わった。私が踊り相手にたのんだのは、この土地の、気立てがよくって美人だけれども、ほかになんといって際《きわ》だったところもない娘だった。そして、私が馬車を雇って、この踊り相手とその従妹《いとこ》のお供をして会場に行き、途中でシャルロッテ・S……嬢をさそってゆく、ということにきまった。――馬車が広く伐《き》りひらいた森を抜けて狩猟館にむかって走っているときに、私の相手の娘さんがいった。「美しい方をごらんになりますよ」。これに応じて従妹がいった。「恋をなさらないように御用心なさいまし」――「どうしてです?」と私はたずねた。――「あの方はもうおきまりになっていますの」と娘が答えた、「お相手はたいへん立派な方で、お父様が亡くなった後の整理をなさったり、いい地位を求めたりなさるために、いまは旅行中でいらっしゃいます」――こうした話を私はさして気にもとめないでいた。

ある屋敷の門の前についたときは、太陽はまだ山の端《は》を沈んで十五分ほどだった。ひどく蒸し暑かった。四方の地平線の上に灰白色の雲が濛々《もうもう》とわき立っていて、その中に雷雨が凝集しているように見えたので、婦人たちはしきりに心配した。私はあやしげな気象学をもちだして彼女らの不安を紛《まぎ》らせはしたが、しかし自分でも、せっかくの楽しみが台なしになるのではないかと懸《け》念《ねん》した。

私は馬車を下りた。すると、女中が門まででてきて、「ロッテお嬢さまはじきにおいでになりますから、しばらくお待ちくださいまし」といった。私は中庭をとおって格好のいい家の方に歩いてゆき、庭にはりだした階段をのぼって、戸口に立った。すると、今までに見たことのないほどうっとりとするような光景が目に映った。そこの控えの間に、上は十一から下は二つまでの子供たちが六人、姿のうつくしい中背の娘のまわりに集っていた。この娘は簡素な白い服をきて、腕と胸に淡い紅色の飾り紐をつけていた。そして、黒いパンをかかえて、まわりの小さな子供たちに、それぞれの年と食欲に応じて切って分けてやっていた。そのさまはいかにもやさしく、子供たちはいずれも小さい両手を高くさしのべて待ちながら、まだパンが切れない前から、あどけなく「ありがとう！」と叫んでいた。かれらはパンをもらうと、うれしそうに駈《か》けだすのもあり、またはおとなしい性質とみえてしずかに門の方へと歩いてゆくのもあった。そこで、よそのお客さんと姉さんが乗ってゆく馬車を眺めようというのであった。――「ご免なさいませ」と彼女はいった、「あなたにはわざわざ内まできていただきますし、御婦人がたにはお待たせいたしまして。着換えをしたり、留守のあいだの家の指図のために、子供たちに晩のパンをやるのを忘れてしまいました。みな、パンは私が切ってやらないと承知いたしませんの」――私は何気《なにげ》ない挨拶をしたが、心はすっかりその姿、その声音《こわね》、その挙止に奪われてしまった。そして、彼女が手袋と扇をとりに部屋に走っていったときに、はじめて驚きからほっとわれにかえった。子供たちはすこし離れたところで、ちょっと横から私を見つめていた。私はいちばん可愛い顔立ちの末子の方にすすんだ。その子はあとしざりをした。そのときに、ロッテが扉から出てきて、いった。「ルーイ、おじさまにおててをおだしなさい」――男の子はちっともはにかまずにいわれたとおりにしたので、私は、鼻はすこしばかり濡れてはいたが、その子を心から接吻せずにはいられなかった。——「おじさま、ですって？」と私はロッテに手をさしだしながらいった、「この私があなたの御親類だとは、ありがたいことです」——「まあ」と彼女は気軽くほほえんだ、「うちにはたくさんの親類がございます。もしあなたがその中のいちばん悪い方でしたら、申し訳ございませんわね」

——出かけながら、彼女は次の妹で十一くらいになるゾフィーに、子供たちのことをよく気をつけるように、パパが乗馬の散歩から帰っていらっしゃったらよろしくいうように、とたのんだ。それから子供たちには、ゾフィー姉さまをわたしだと思っていうことをおききなさいよ、といってきかせた。二三人はそれをはっきりと約束したが、六つくらいのこましゃくれた金髪の小娘は、「だってちがうわ。ロッテ姉さま、あたしたちはやっぱり大きいお姉さまの方が好きよ」といった。上の二人の男の子は馬車の後によじのぼっていたが、私がとりなしてやったので、それではふざけ合わずにしっかりとつかまっているなら約束するならと、森の入口まで一緒に乗ってゆくお許しがでた。

みながちゃんと席についた。女たちは挨拶をかわした。おたがいに衣裳のこと、ことに帽子のことであれやこれやの意見が出、これから今晩の集いの人々についての噂も一わたり。これがはじまりかけたときだったが、ロッテは馭者に車をとめさせて、弟たちを降りさせた。弟たちはもう一度ロッテの手を接吻したがった。そしてそれを、上の子は十五歳の年ごろにのみありうるあのやさしさをこめて、下の子は活潑にうれしげにした。ロッテはかさねて小さい子供たちによろしくといい、それからわれわれは馬車を先へと走らせた。

従妹《いとこ》は、「お届けした本はもうお読みになりまして?」とロッテにたずねた。「いいえ」とロッテは答えた、「あれはあまり好きにはなりませんでした。おかえしいたしましょう。この前のもどうもねえ」――私は本の名をたずねてみたが、返事をきいてびっくりした。(原注1)――彼女のいうすべてのことには、はっきりとした個性があらわれていた。一語を口にするごとに、あたらしい魅力、あたらしい精神の輝きが、面《おも》ざしから射してくるのが見られた。その面ざしも、私に分ってもらえるということが私の様子から感ぜられるので、しだいにたのしげに晴れてゆくように思われた。

「前には」とロッテはいった、「わたくしは小説ほど好きなものはありませんでした。日曜日には、どこかの片隅に坐りこんで、ミス・ジェニー*といったようなひとの幸運や非運に、われを忘れて一喜一憂したものでしたが、それがほんとうにたのしゅうございました。今でもそれがいやなわけではありませんが、でも本を手にする暇がめったにありませんから、読むならほんとうに自分の好みに合ったものを読みとうございます。その世界がわたくしの生きているような世界で、その人物がわたくしの遭《あ》うような目に遭い、読んでいて物語が自分の家庭の生活とおなじように胸に訴えて惹《ひ》きつけてくれるような、そういう作家が一番好きでございます。わたくしどもの生活とてもべつに天国ではありませんが、なんと申してもいいしれない幸福の泉でございますもの」

この言葉をきいて私は心をうたれ、それを隠すのがむつかしかった。いつまでも隠しおおせはしなかった。彼女が話のついでながらじつに的確に「ウェイクフィールドの副牧師」*や「――」(原注2)について語るのをきくと、私はとうとうわれを忘れて、いわずにはいられなかったことを残らずいってしまった。そして、だいぶたって、ロッテが他の女たちに話をむけたときに、はじめて気がついた。今までこのひとたちはずっと眼を丸くして、いてもいなくても同じということになってしまって、ただ坐っていたのだった。従妹は一度ならず鼻に嘲るような小皺をよせて私を見たが、それもいっこう気にはならなかった。

会話は舞踏のたのしみに移った。――「この熱情がいけないといわれましても」とロッテはいった、「かくさずに申せば、わたくしはダンスがなによりも好きです。気にかかることがあるときでも、調子の狂った自分のピアノで対舞曲《コントルダンス》を気ままに弾《ひ》いているうちに、またなにもかもよくなってしまいます」

話をつづけながら、あの黒い瞳に私はどんなに見とれていたことだろう！　いきいきとした唇、あざやかな若々しい頬が、どれほど私を魂の底まで惹《ひ》きつけたことだろう！　ふかい意味のあるこのひとの話にすっかりのみこまれて、その語る言葉をさえいくたびとなく聞かないでしまった！――それも想像がつくだろう、君は私を知っているから。結局、馬車が別荘の前でとまって、それから降りたときには、私はまるで夢を見ている人のようだった。あたり黄昏《たそが》るる世界の中でまるで現心《うつつごころ》はなかったので、燭火かがやく上の広間からこちらに響いてきた音楽も、ほとんど聞こえないほどだった。

二人の紳士、アウドランとそれからなにがしとかという――いちいち名前なんか覚えていられるものか！——が従妹とロッテの踊り相手で、この人たちが馬車の扉のところまで来て、われわれを迎えてくれた。そして、それぞれの相手の婦人の手をとった。私は自分の相手の女を上につれていった。

＊われわれはメヌエットを踊った。絡《もつ》れあっては、たがいに相手のまわりをぐるぐると廻った。私はつぎつぎと別の女に申しこんだ。ところが、ありがたくない相手にかぎってなかなかお終《しま》いの握手をしたがらない。ロッテとその相手の組はイギリス舞踏をはじめた。やがて、彼女はわれわれと同じ列の中で一緒に踊りはじめた。このときの私のうれしさは、君にも推量してもらえよう。あのひとの踊っているところを見なくては！　みたまえ、あのひとは全身全霊をうちこんで踊っている。体がすべて一つのハーモニーをなしている。ものおもいなく、こだわりなく、これが総てであるかのように、ほかには何事も考えもせず感じもせず、……。あきらかに今のこの瞬間にあっては、ほかの一切はあのひとの前から消えうせていよう。

私はロッテに二回目の対舞を申しいれた。彼女は三回目を約束してくれた。そして、感じよくこだわりなく、ほんとうにドイツ風の舞踏がおどりたくてなりません、といった。——「ここのしきたりでは」と彼女はつづけていった、「一緒になっていた二人は、ワルツのときにもそのまま組むことになっています。わたくしの相手の方はワルツがお下手ですから、免じてあげればありがたがりますの。あなたのお相手もおできにならないし、おいやでしょう。イギリス舞踏のとき拝見していましたが、あなたはワルツがお上手ですから、もしわたくしとワルツを踊っていただけるのでしたら、わたくしの相手の方のところへ行ってお願いしてくださいまし。わたくしはあなたのお相手にお願いいたしましょう」私は約束の握手をした。そして、ロッテの相手にそのあいだ私の相手と話をしていてもらうことにきめた。

いよいよはじまった。そして、しばらくのあいだ、二人は腕をさまざまに組みあわせて楽しんだ。ロッテの身ごなしの、なんと軽く、なんと人を魅するものだったろう！　ついにワルツとなって、さながら星と星とのように、みずからも身を旋《めぐ》らしつつお互いのまわりを旋っていると、これができる者はごくすくなかったから、初めはいくぶん混乱した。われわれは悧巧《りこう》にふるまってみなが暴れるにまかせ、やがて不器用な連中が踊り場から退いたときに、さっと入って行って、べつのもう一組、アウドランとその相手の二人とだけで思うぞんぶん踊りぬいた。こんなにかるがると身の動いたことはなかった。私はもう人間ではなくなった。これほども愛らしい娘を腕に抱いて、ともどもに稲妻のように駆けりまわっている。あたりの一切のものが姿を没しさるまで――。そして、ウィルヘルムよ、告白するが、私は誓いをたてた。私が愛してわがものと思いたいこの少女には、私よりほかの男とは踊らせない。たとえわが身はそのために滅びようとも――。分ってくれるだろうね、この気持を！

　息を入れるために、われわれは広間を二三回まわって歩いた。それからロッテは腰かけた。オレンジはもう私がわきにとりのけておいたものだけしか残っていなかったが、これがすばらしい効果をあげた。ただロッテがこれをあつかましい隣席の女にお愛想に分けてやるので、その一切れごとに私は心臓を刺されるようだったが。

　三回目のイギリス舞踏のときには、われわれは先頭から二番目の組だった。列を縫って踊ってゆきながら、うちとけてけがれない楽しみの表情をたたえたロッテの眼と腕に心を奪われて、量《はか》りえぬ喜悦にひたっていたとき、われわれは一人の婦人のそばに近づいた。このひとは、顔はもうあまり若くはなかったが感じのいい表情をしていたので、かねてから目についていた。彼女は微笑しながらじっとロッテを見て、脅《おど》かすように一本の指を立てて、さっと踊りすぎるそのあいだに、アルベルトという名を二度、さも意味ありげに呼んだ。

「誰ですか、アルベルトというのは？」と私はロッテにいった、「もしうかがって失礼でなかったら。」――ロッテが返事をしようとしたそのときに、われわれは踊りの大きな8の字をえがくために離れなくてはならなかった。そして、次にわれわれがお互いに前を行きちがったとき、彼女の額の上には一抹《まつ》の物思いの翳《かげ》が見えたような気がした。――「何もおかくしすることはありませんわ」と、プロムナードを踏みだすために私に手をさしのべながら、ロッテはいった、「アルベルトはいい方です。わたくしの婚約の相手ですの。」これは意外なことではなかった。(ここにくる途中で女たちが話してくれた。)しかも、じつに意外なことだった。というのは、このわずかの間にこれほども大切なものとなってしまったこの人の身に、それを結びつけて考えたことがまだなかったからだ。私は惑乱して、われを忘れた。そして、ちがう組の中に割りこんでしまい、なにもかもごちゃごちゃになったが、ロッテがしっかりと落着いてあちらを分けたりこちらをまとめたりしてくれたので、まもなくまた順序がついてきた。

かなり前から、地平線に雷光が閃《ひらめ》くのが見えていた。私はそれをただの稲妻だといいまぎらしていたが、舞踏がまだ終らないうちに、ずっと近くに鳴りはじめ、雷鳴が音楽を消してしまった。

三人の女が列から走りだし、相手の男たちは後を追った。場内がさわぎたって、音楽は止まった。災いにせよ恐れにせよ、それが燕楽《えんらく》のさなかに不意に襲ってくるときには、おのずから平素よりも強烈な印象をあたえるものである。それは、ひとつには両者の対照がつよく感ぜられるからでもあり、ひとつには、そしてよりははなはだしくは、われわれの感覚が開放されて敏感になっていて、一そう早く印象を受けいれるからでもある。そのためでもあろう、幾人かの女たちは突然おかしなふうに顔をしかめた。もっとも悧巧な女は隅に坐って、窓に背をむけ、耳をおさえた。別の一人はその前にひざまずいて、その膝に頭を埋めた。さらにもう一人の女はこの二人の間に這《は》いこんで、この姉妹を抱きしめながらとめどなく涙をながした。家へ帰ろうとした女たちさえいた。もっとうろたえて自分で何をしているかも分らなくなった女たちは、思慮も気力もなくなって、若い男たちの不埒《ふらち》なしぐさを防ぐこともできないでいた。というのは、これらの美食家連中は、とり乱した美しい女たちの唇から、その天にむけられた恐怖の祈りを横どりしようと、しきりに折をねらっていたらしかったので。数人の紳士はゆっくりパイプをふかそうと、下に降りて行った。この家の主婦はいいことを思いついて、鎧戸《よろいど》と帳《とばり》のある部屋にみなを招じたが、残る人々もこの申し出を辞退はしなかった。その部屋に入ると、ロッテはさっそく椅子をまるく輪にならべ、うながされて一同が腰をかけると、遊戯をいたしましょうと提案した。

するると、もう目に見えて幾人かの男が、これは接吻という甘い罰金にありつけるぞと、唇を反らせ手足をのばしているのだった。——「数え遊びをいたしましょう」とロッテはいった、「さあ、よろしゅうございますか。わたくしが右から左にまわってゆきますから、どなたも御自分の番の数を順に数えてくださいまし。火縄に火が移ってゆくように早く移ってゆかなくてはいけません。つかえたり間違えたりした人は頬を打ちます。さあ、千まで。」――これからが見ていて愉快だった。ロッテは片腕をひろげて環《わ》をえがいてまわる。「一」と最初の人がはじめる。隣りが「二」、次が「三」、とつづく。やがてロッテは歩度をはやめて、ぐんぐんといそいだ。そのうちに誰かがまちがえて、ぴしゃりと頬打ち一つ。どっと笑っているうちに、次の者もぴしゃり！ますますはやくなってきた。私も頬が二つ鳴った。それも他の人がやられたのよりも手きびしかったらしく、そう気がつくと内心うれしかった。満座の哄笑と騒ぎのうちに、千まで数えきらない前に遊戯はおわった。仲のいい人たちが隅の方にかたまった。

　雷雨はすぎた。私がロッテについて広間に行くと、その途中でロッテはいった。「頬打ちのおかげで、みなさんお天気のこともお忘れになってしまいましたね」――私はなんと答えることもできなかった。――「わたくしも」と彼女はつづけていった、「一番こわかったほうなのですけれども、ほかの方に元気をつけようとして気づよいふうをしているうちに、かえって自分が元気になりました」――二人は窓際に立った。雷鳴は天涯に去っていた。沛然《はいぜん》たる雨が大地の上にざわめいていて、あたりにみなぎるあたたかい大気の中を、胸蘇《よみがえ》るような爽やかな匂いがこちらの方へとたちのぼってきた。ロッテは肘《ひじ》をついて窓にもたれて、眼差《まなざ》しをじっとかなたの風景にそそいでいた。彼女は空を仰ぎ、また私を見たが、眸《ひとみ》には涙があふれているのが分った。彼女は自分の手を私の手の上にかさねて、いった。――「ああ、*クロップシュトック！」――彼女の想念の中にうかんだあの荘厳な頌歌《しょうか》を、私はすぐに察した。彼女のこの合言葉はさまざまの感傷の潮を私の全身に浴せ、私はそのなかに溺れた。私は自分を抑えかねて、あのひとの手の上に身をかがめて、歓喜の涙もろとも口づけた。そして、ふたたびあの目に見入った。——けだかき詩人よ！　おんみもしこの眼ざしにたたえられしおんみへの尊崇を見たならば！　しばしば瀆《けが》されしおんみの名の呼ばるるを、私はもはやこの先ふたたびとは耳にしたくはないのである。

原注1　誰からも苦情がでることのないように、手紙のこの個所はやむをえず削除しました。もともと、あれこれの少女や気まぐれの青年の批評などは、どの著作者にとっても大して気にすることはないのですが。

原注2　ここでもいくつかのドイツの作者の名をはぶきました。ロッテの好みに共鳴する人は、ここを読めば、きっと誰のことかは分ると思います。分らなければ、わざわざそれを知る必要もありますまい。

六月十九日

この前どこまで物語ったかは、もう覚えていない。覚えているのは、あの手紙を書きおえて床についたのは暁方《あけがた》の二時であったこと、それから、書くかわりにもし君を前にして喋《しゃべ》ることができたら、きっと夜の明けるまで君をひきとめただろうということだ。

舞踏会から馬車で帰る途中であったことはまだ記さなかったが、今日もそれを思うようには書けない。

あの朝の日の出は荘厳だった。森には雫《しずく》がしたたっていた。あたりの野は生きかえっていた！　女たちはうたたねをしていた。ロッテは私に、「あなたもおやすみになりませんか？　わたくしに御遠慮はいりませんから」ときいた。——「そのお目があいているあいだは」と私はいって、彼女をじっと見つめた、「私は大丈夫です」――われわれ二人は、彼女の家の門の前に着くまでずっと眠らずにいた。女中がそっと門をあけて、ロッテが訊《たず》ねると、お父さまもお子さまたちもお変りなく、どなたもまだお目ざめではありません、と答えた。私は別れて、別れぎわに、今日のうちにもう一度お目にかかりたい、と頼んだ。ロッテはそれをきいてくれた。私は行った。このときから、日も月も星も依然としてその運行をつづけながら、私にとっては昼もなく夜もなくなり、全世界は身のまわりから姿を没した。

六月二十一日

神様がただ聖者たちのためにとっておいたような幸福な日々を、私はおくっている。このさき私がどうなろうとも、自分がよろこびを味わわなかったとは、生の至純のよろこびを味わわなかったとは、いうことができない。――君はもうわがヴァールハイムを知っているね。私はここに完全に住みついた。ここからロッテのところまではわずかに半時間だし、ここで私は自分を感じ、人間にあたえられた一切の幸福を感じる。

私がヴァールハイムを散歩の目的地にえらんだときには、ここがこれほど天国に近いところだとは思いも及ばなかった！　遠くまでさすらいながら、いまは私の願望の一切を容《い》れている狩猟館を、ときには山からときには平地から、幾度川をへだてて眺めたことだろう！

ウィルヘルムよ、私はさまざまに考えた。人間の中には、自己を拡充してさらに新しい発見をし、さらに遠くさまよい出《い》でようとする欲望がある。それだのにまた、すすんで制約に服し、習慣の軌道を辿《たど》って、右にも左にも目を放つまいとする内的な衝動もある。

あやしむべきかな。かつてここに来て、丘の上からうつくしい谷を見はるかしたとき、私はどれほどあたりのものに心を惹かれていたことだったろう。――あそこの小さな森！　ああ、あの影に身をひそめることができたら！――あそこの山の頂き！　ああ、あの頂きからこの広い地帯を展望することができたら！――鎖のように結びあった丘と丘、なつかしい谷と谷！　おお、あの中にさまよい入ることができたら！――このようにあくがれながら、私はいそいでその方に行って、むなしくたち帰って、ついに望んでいたものをみいださなかった。おお、遠方《おちかた》はさも未来に似ている！　漠然たる大きな魂が、われらの魂の行手にうかんでいる。われらの眼とおなじくわれらの感覚はそのうちに溶け入り、われらは、ああ、われらの全存在を投げ出して、ただ一つのかがやかしい感情の大歓喜もて充たされたいと冀《ねが》う。――それだのに、ああ！　われらがいそぎ赴いて、かしこにありしものがここにあるとき、すべてはつねに旧態依然である。われらは変らぬ貧窶《ひんる》と制約の中にあり、魂はついに捉ええなかった香膏《においあぶら》を求めて、渇《かつ》えあえぐ。

されば、いずくに安住することをもしらなかったヴァガボンドも、最後にはふたたび父祖の国にあくがれ、おのれの茅舎《ぼうしゃ》に、おのれの妻の胸に、子らのまどいに、それを養うための勤労の中に、彼が広い世界に求めて見いでざりしよろこびをみいだす。

私は朝の日が昇るとともに家を出て、ヴァールハイムに行き、レストランの菜園で豌豆《えんどう》を摘《つ》み、さて腰をおろして、莢《さや》の筋をとりながらホーマーを読む。それから、小さな厨《くりや》で壺をえらんでバタをすくって、莢豌豆《さやえんどう》を火にかけ、蓋をし、そのかたわらに坐ってときどき揺りまぜる。このときに私は、かのペネローペ*の雄《た》けき求婚者たちが牛や豚を屠《ほふ》って、裂いて、炙《あぶ》ったさまを、まざまざと身のほとりに感じる。遠き昔の族長時代の生活のおもかげほど、私の思いをひそやかに切《せつ》に充たすものはないが、いまこれを私は――この幸《しあわ》せよ――虚心のうちにおのれの生活に織りこむことができる。

このたのしさ。自分が畠に培《つちか》ったキャベツを食卓にのせる人の、素朴な無邪気なよろこびを味わうことができる。いな、ただキャベツばかりではない。彼が植えたうつくしい朝、彼が水を灌《そそ》いだいとしい夕、さらに日毎の成長をおのれの喜びとしたゆえに、これらすべてのよき日を一瞬に味わいかえす、かの人のよろこびをわがものとすることができる。

六月二十九日

昨日この町の医者が法官の家に来た。ちょうどそのとき、私はロッテの子供たちにかこまれて、地べたで遊んでいた。子供たちは私にからみつくやらからかうやら、それを私がくすぐって一緒に大声をあげていた。医者は上べのほかは何も分らぬ操り人形みたいな男で、話しながらも袖口の折り目をつけ、ひっきりなしに襟飾《えり》りをつまみだしたりしていたが、この場の様子を紳士の品位にふさわしからぬと思ったらしく、鼻の先にそれがあらわれていた。こちらはそんなことはお構いなく、分別くさいお談義もききながし、子供たちがこわしたカルタの家を建てなおしてやっていた。それから医者は町の中を歩きまわって、法官の子供たちはもとからしつけが悪かったが、あのウェルテルという男がすっかり台無しにしてしまう、と嘆いた。

まことに、ウィルヘルムよ、この世に子供ほど私の心に近いものはない。かれらをながめていると、ささいな事の中にも、いつかはかれらに無くてはならぬさまざまな美徳や力の萌芽がもうあらわれているのが分るね。強情の中には将来の不屈不撓《とう》が、わるふざけの中にはやがてこの世の艱難をしのいでゆくべき楽天的な気軽な気質が、うかがえる。しかもそれが、すべて一抹の曇りもなく完璧なのだ！　これを見るとき、私はいつもあの人類の師*のとうとい言葉をくりかえす。「汝らもしこれらの者のひとりの如くならずば！」しかもどうだろう、われらと同等であり、われらの範ともすべき子供たちを、われわれは家来として扱っている。——なんじらは意志を持ってはならん！　というのだ。——これはわれわれとても持っているものではないか？　そんな特権がどこから生れるのだ？　——われわれが年上で賢いからか？　——天にましますよき神よ、あなたが見そなわしたもうは、老いたる子と幼い子とです。それだけです。そして、そのどちらをあなたが嘉《よみ》したもうかは、そのむかし御子キリストがすでに告げられました。人々は彼を信じて、その言に耳を傾けぬ。——これもまた古いことだ！　——そして、自分の子供たちを自分を手本にして育てたがる。そして——さよなら、ウィルヘルム！　もうこれ以上かきくどくのはやめよう。

七月一日

ロッテがいてくれることが病人にとってどんなに有難いことか、自分の身に照らしてよく分る。私のあわれな心は、長い病の床に衰えゆく人たちよりもさらに病んでいるのだから。ロッテは二三日のあいだ町に行って、さる有徳な婦人の許《もと》で過すこととなった。この人はもう死期も近いと医者にいわれて、最期の時しばらくをロッテにそばにいてもらいたいと望んでいる。

私は先週ロッテと共に聖……の牧師を訪ねた。そこは一時間ほど入った山の中の小さな村で、着いたのは四時ごろだった。ロッテは次の妹をつれていった。われわれが二本の胡桃《くるみ》の大木に覆われた牧師館の庭に入ってゆくと、人の好い老人は家の扉の前のベンチに腰かけていた。そして、ロッテの姿を認めると、生きかえったように元気づき、節のあるステッキも忘れて、ロッテを迎えに立ち上ろうとした。ロッテはそばに駈《か》けよって老人をおさえて坐らせ、自分もわきに腰かけて、父の心からの言伝《ことづて》をつたえて、牧師の老後に生れた甘えん坊のきたない末息子を抱きしめた。ほんとうに君にも見てもらいたかったね、あの老人をいたわりよう、なかば聾《し》いた耳にきこえるようにと声をはりあげ、思いがけなく亡くなった若い頑健な人のはなしから、よく効くというカルルスバードの湯のはなし。それから、次の夏にはそこに行こうという老人の決心をほめて、お顔の色もよくみえます、この前おめにかかったときよりもずっとお元気でいらっしゃる、と告げたその様子。私はそのあいだに牧師の奥さんに挨拶をした。老人はすっかり快活になった。そして私は、われわれの頭の上にこんなに気持のいい蔭をひろげている美しい胡桃の樹を褒めずにはいられなかった。すると老人はいくらか難渋しながらも、この樹の来歴を話してくれた。——「古いほうの木は誰が植えたのかもう分りません。この牧師だという者もいれば、あの牧師だとも申します。じゃが、あちらの奥のほうの若い木は、わしの家内と同じ年で、この十月には五十歳ですわい。家内の父があれを朝に植えて、その日の晩に家内が生れました。この父というのはわしの先代の牧師で、口にはいえぬほどあの木を大切にしておりました。さよう、わしにも負けますまい。わしもな、なにせいいまから二十七年前、わしが貧乏な書生ではじめてこの中庭に入ってきたときに、家内があの樹の下の柵に腰かけて編物をしておりましたのでなあ」

——ロッテは牧師の娘のことをたずねた。シュミットさんと一緒に、牧場で働いている人たちのところへ行った、ということだった。老人は話をつづけて、彼が先代に愛されて、そのうえ娘にも愛され、はじめは副牧師になり、それから後任となった顚末《てんまつ》を語った。話がおわるとまもなく、牧師の娘がシュミットさんという人と庭から入ってきた。娘はロッテを心からあたたかく迎えた。私にもわるい感じはしなかった。きびきびとして発育のいい褐色の髪の女で、しばらくのあいだは田舎に暮してても退屈しない相手だった。その愛人(だということをシュミットさんはすぐに素振《そぶ》りで示したが)は、品のいい静かな人だった。が、ロッテがいくら引き入れようとつとめても、われわれの話の中には加わろうとはしなかった。どうも厭《いや》だったのは、彼の顔立ちからも察せられたことだったが、彼が仲間入りをしないのは、才が乏しいからではなくてむしろ我儘《わがまま》と不機嫌のせいだったらしいことだ。このことはおいおいはっきりしすぎるくらいはっきりした。というのは、散歩しながらフリーデリケがロッテとともに、ときには私と一緒につれだって歩くと、さらぬだに浅黒いこの人の顔の色が目にみえて暗くなったからだ。それで、あるときはロッテが私の袖をひっぱって、あんまりフリーデリケと親しくしすぎる、と悟らせたことさえあった。

何が腹立たしいといって、人間がお互いに苦しめあうほど、いやなことはない。とりわけ、若い人たちが人生の花さく時期に、どんな喜びにむかっても心ひらいていられるはずだのに、おろかしさからよき幾日かを形なしにしてしまい、とりかえしのつかなくなった後になってはじめて、もう償う法とてもない自分の浪費に目が醒《さ》めるということは、思うだにやりきれない。これが腹にすえかねて、夕方に牧師館にもどって、テーブルで牛乳を飲んで、話題が人生のよろこびや苦しみに及んだとき、とうとうこの話の糸口をとらえて、熱くなって不機嫌を攻撃せずにはいられなかった。「われわれ人間はよく」と私ははじめた、「いい日が少くてわるい日ばかりが多い、と愚痴をいいます。だがこれは大抵《たいてい》はまちがっている、と思うのです。もしわれわれが、その日その日に神様がめぐんでくださるいいものをこだわりなく楽しみさえすれば、たとえ苦しいことがあっても、それに堪えるだけの力は生れるはずじゃありませんか」「そうはおっしゃっても」と牧師の奥さんがいった、「わたくしたちにはなかなか自分の気持をおさえられませんわね。つい体の調子に左右されてしまいます。体の具合がよくないと、何につけてもくさくさしますもの」――それはそうです、と私も承認した。――「じゃ」と私はつづけた、「これを一つの病気と認めて、それの手当はないものかを考えてみようじゃありませんか?」――「おっしゃるとおりですわ」とロッテがいった、「ずいぶん気持のもちようだとは、わたくしも思います。それは自分の経験でわかりますもの。何かいらいらして気がふさぐときには、わたくしは飛びだして、お庭を行ったり来たりして対舞曲をいくつか歌います。そうするともう治ってしまいますわ。」――「私もそれをいいたかったのですよ」と私はいった、「不機嫌は怠惰と似たものです。その一種です。われわれの性情はともするとそれに傾きます。だが、いったん自分の気持をひきたてて奮起する力をもちさえすれば、仕事もさっさとはかどるし、活動がほんとうの喜びにもなります」

――フリーデリケはたいへん注意ぶかく聞いていたが、若い男の方は、人間は自己を支配はできない、まして自分の感情に指図することなどは不可能だ、と抗議をした。――「いまは不快な感情のことをいっているのです」と私は応酬した、「誰でもこんなものはなくしたいのだし、どこまでやれるかはやってみなくては分りません。疑いもなく、病気になれば、誰でもあらゆる医者に相談して、どんなにつらい節制でもどんなににがい薬でもいやとはいわずに、願う健康をえようとするじゃありませんか」――気がつくと、実直な老人がわれわれの議論の仲間入りをしようとして不自由な耳を傾けていたので、私は声をはりあげて彼の方に話をむけた。「いろいろな悪徳をいましめるお説教はありますが」と私はいった、「牧師さんが説教壇から不機嫌をいましめてくださったことはないようですね」(原注)――「そりゃあ、町の牧師のお役目じゃろう」と老人はいった、「農夫はいつしも上機嫌ですわい。とはいえ、ときにはそれも悪くはあるまいよ。すくなくとも、うちの奥さんやロッテさんのところの法官殿などにはな」――一座は笑った。牧師もこころから一緒に笑ったので、とうとう咳《せ》きこんで、議論はしばらくとぎれてしまった。すると若い男がまたいいだした。「あなたは不機嫌を悪徳だといいましたが、それはいいすぎですよ」――「断じて」と私はいいかえした、「自分をも身近の者をも傷つけるようなことは、当然悪徳と呼ばるべきですよ。お互いに幸福にしあうことがむつかしいだけでもたくさんだのに、その上なお、誰でもときどきは自分の心に与えることができる楽しみまで奪い合わなくてはならないのでしょうか？　不機嫌でいながら、しかもまわりの人たちの幸福を傷つけないようにと、それを自分だけで堪えて包んでいられるような、それほど立派な人が世にいるでしょうか！　不機嫌はむしろ、自分のくだらなさに対するひそかな憤懣《ふんまん》ではありませんか？　愚劣な虚栄によって煽《あお》られた嫉妬とつねに結びついている、自己不満ではありませんか？　目の前に幸福な人間がいるが、あいにくとそれは自分が幸福にしてやったのではない。これが癪《しゃく》なのですね。」――私が喋《しゃべ》っているその興奮のさまを見て、ロッテは私にほほえみかけた。フリーデリケの目には涙が泛《うか》んでいた。私はそれを見て、さらに勢づいて先へつづけた。――「ひとに対してなんらかの力をもっているからとて、その相手の心に湧くおのずからなる素朴なよろこびを蹂躙《じゅうりん》する奴があれば、それは呪うべき人間だ。もしかかる暴君の気むずかしい嫉妬のために、みずから足らう人の心の一瞬のよろこびが空《くう》に帰したことがあれば、そのときは、もはやいかなる贈物いかなる親切といえども、この罪を償うには足りない」

こういいながら、私の胸はいっぱいだった。過ぎさったくさぐさの回想が魂にせまり、目には涙がわいた。

「日に日に自分にむかって次のようにいう人はいないものだろうか」と私は叫んだ、「――おまえが友にむかってなしうるのは、ただ友のよろこびをよろこび、自分もそれに与《あずか》ることによってその幸《さち》を増す、ということだ。一たび友の魂が情熱によって苛《さいな》まれ、悲哀によって乱れたときとなったら、もはやおまえは、いかなる没薬《もつやく》の一しずくをもってしても、それを鎮めてやることはできないではないか？

思ってもみよ。おまえがその花さく日々を亡ぼしさった女が、いまわのおそろしい病いに憑《つ》かれて、見る影もなく衰えて臥《ふ》している。その目はうつろに宙をさまよい、蒼《あお》い額からは死の汗がとだえながらしたたっている。おまえはさながら呪われた者のようにその床の前に立って、あらんかぎりの力をあげてももはやせんすべのないことを、心の底に感じている。そして、この死にゆくひとに体力の一しずく、活力の一つの火花なりとも注いでやることができれば、なにものをも惜しまないのにと、体の内の恐怖にわなないている。このようなときとなったら、もはやおまえは、いかなる没薬の一しずくをもってしても、それを鎮めてやることはできないではないか？」

こういっているうちに、かつて私がたまたま居あわせたある情景の思い出が、すさまじい力をもって私を襲った。私は手巾《ハンカチ》をとって目にあてて、この座を出た。そして、ロッテが「帰りましょう」と呼んだ声に、はじめて我にかえった。帰りの道で、ロッテは私をどれほどたしなめたことだろう。「あなたは何事にでも熱中しすぎます。それではいつかは身を亡ぼすことになります！　もっと御自分をお抑えにならなければ！」――おお、わが天使よ！　おまえのために私は生きなくてはならぬ！

原注　いまでは、これについてのラファーターのすぐれた説教があります。なかんずく、ヨナ書について。

七月六日

彼女はずっと危篤の夫人のところにいる。いつも変ることなく、いつも届かぬところなく、やさしい。あの眼《まな》ざしがむくところ、痛みはやわらぎ、幸いが生れる。昨夕、あのひとはマリアーネと小さなマールをつれて散歩に出た。私はそれを知って、行き会って、同行した。一時間半ほど歩いた後、われわれは町にひきかえし、泉のところにきた。ここはかねてから私にとってこよなく大切なところだったが、いまは千倍も貴いものとなった。ロッテは低い石壁に腰をおろし、私たちはみなその前に佇《たたず》んだ。私はあたりを見まわした。ああ！　あのころ、この心があれほども孤独だったときが、いままざまざと目の前に蘇った。――「泉よ」と私はいった、「あれ以来、私はおまえの涼しい蔭に憩うことはしなかった。ときどきは足をはやめて、おまえを見ることさえしなかった」――見おろすと、マールがコップに水を汲んで、せわしげに階段を上ってきた。――私はロッテを眺め、いまさら私にとってロッテが何者であるかを切に感じた。そのうちにマールがコップを持ってやってきた。マリアーネがそれをもらおうとした。――「いやよ！」とマールは愛くるしい面持で叫んだ、「いやよ、ロッテ姉さまがいちばん先に飲むのよ」――こう叫んだその天真と無心に私は恍惚とした。ほかに気持をあらわしようもなかったので、この子を抱きあげてはげしく接吻した。すると、にわかに、マールは声をたてて泣きはじめた。――「まあ、いけないことをなさる方ねぇ」とロッテはいった。――私ははっとした。――「さあ、おいで、マールちゃん」とロッテは妹の手をとって階段を連れて下りながら、いった。「さあ、湧いているきれいな水でお洗いなさい。はやく、はやくよ。そうすればなんでもなくなるわ」――私は立ったまま眺めていた。小さな女の子は濡れた手でしきりに頬をこすっていた。そして、この奇蹟の泉のおかげで一切の不浄は濯《すす》ぎさられ、汚辱はきえて、いやらしい髭が生えなくなる、と思いこんでいた。そして、ロッテが「もういいのよ」といっても、すこしでも多いほうが効き目があるかと、なお熱心に洗いつづけていた。私もその様子を見ていたが――、ウィルヘルムよ、まったく私はこれほど敬虔な気持で洗礼式に列なったことはなかった。そして、ロッテが上ってきたときには、一国民の罪過を祓《はら》い清めた豫言者にでも対するかのように、彼女の前に跪《ひざまず》きたかった。

その晩に、心のうれしさを包みかねて、この出来事をある男に話した。この人は理窟が分る人だから人情も解するだろう、と思っていたのだが、とんでもないことになった！　彼曰く、「それはロッテさんがいかんよ。子供に嘘を教えるのはよろしくない。そういうようなことが、ひいては無数の迷妄や迷信のもととなるのだから、早くから子供をそれから守ってやるべきだ。」――いわれて思いおこしたが、この男は一週間前に洗礼をうけたのだった。私は聞きながして、ただ心の底ではつぎの真理をかたく誓った、――われらは、神がわれらになしたまえるがごとくに、子供らになさねばならぬ。神がわれらをこころよき迷誤に酔わしむるときこそ、われらはこよなき幸を享《う》けることができる。

七月八日

これほどにも子供なのだよ！　ただ一瞥《べっ》に恋い焦《こが》れて！　これほどにも子供なのだよ！　――われわれはヴァールハイムに行った。女たちは馬車で出かけた。そして、散策のあいだじゅう、私は心なしかロッテの黒い瞳の中に――。ゆるしてくれたまえ。もうほんとうの痴《し》れ者だ、私は。君はまだあれを見ていないのだからなあ、あの目を！　――簡単に書くとね(眠たくて目蓋が落ちそうだから)、こういうことなのだよ。婦人たちが乗りこんだあと、馬車のまわりを、若いW……とゼルシュタットとアウドランと私がとりまいて立っていた。こうした気軽で陽気な連中だから、なお一しきり馬車の扉の中とのお喋《しゃべ》りがつづいていた。——私はロッテの目を求めた。それが、ああ、一人からまた別な一人へと移っていくのだったが、私には！　私には！　私には！　さっぱり目をとめてくれなかった。ついに私はあきらめて、茫然《ぼうぜん》と立っていた。——私の心はロッテにむかって幾度となく「さよなら」といった！　だのに、彼女は私を見なかった。馬車は前を動き去り、目には涙がうかんだ。なお後を見送っていた。ふと、扉にもたれてロッテの髪飾りが外に出た。そして、ロッテはふりかえって、見た。ああ、私の方を——？　友よ、さだめがたいこの惑いの中を私はまよっている。おそらくは私の方をふりかえったのだろう。おそらく！　これが私の慰めだ。——お休み。おお、これほどにも子供なのだよ！

七月十日

集《つど》いの中でたまたまロッテの話がでると、私がどんなぶざまな格好をするか、君に見てもらいたいものだね！　ことに、あれが気に入ったか、ときかれると——。気に入る！　こんな言葉は死ぬほどいやだ。ロッテを気に入った奴、ロッテのためには感覚も感情ものこる隈《くま》なく充たされてしまわないような奴、それはいったいどういう人間だろう！　気に入る！　ついこのあいだ私に、*オシアンが気に入ったか、ときいた男もあったがね。

七月十一日

M*……夫人は重態だ。このひとの命のために私も祈っている。というのは、私もロッテと共に苦を分《わか》っているのだから。女の友の家でもあまりロッテに会うことはないが、今日彼女は異様な出来事を話してくれた。――M……老人というのは強欲非道な守銭奴で、生活のことでは妻をひどく苦しめ切りつめさせた。しかし、夫人はいつもなんとかやりくりをして切りぬけていた。

数日前になって、いよいよ医者から絶望を宣告されると、彼女はこの夫を呼んで――ロッテもその部屋にいた――こういった。「わたくしが亡くなりました後で、いざこざがおこったり気持のわるいことがあってはなりませんから、あなたにお打明けしておきたいことがございます。わたくしはこれまで、できるだけきちんとつましく家政をとってまいりました。けれども、おゆるしいただきとうございますが、私はこの三十年間ずっとあなたの目をぬすんでおりました。わたくしたちが結婚しましたとき、台所やそのほかの家事むきの費用をまかなうために、あなたはわずかの額をおきめになりました。暮しも嵩《かさ》み商売が手びろくなりましても、毎週いただく分をその割にふやすことは、どうおねがいしてもきいていただけませんでした。家計がいちばん大きくなりましても、毎週七グルデンでまかなえ、というおいいつけでした。これはあなたも覚えておいでになりましょう。わたくしは黙ってそれをいただきまして、不足の分は毎週の売上げの中から出しました。まさか主婦が帳場のお金を盗むとは、だれも思いませんでしたでしょう。わたくしはなに一つ浪費をしたことはございません。こんなことを告白いたしませんでも、安心してあの世にまいれます。ただわたくしの後でこの家をやってゆく方が、どうしたらよいかお困りでしょうし、あなたはきっと前の家内はそれでやったとおっしゃるでしょうから」

私はロッテと話しあった。——人の心もときには嘘のように盲になることがあるものだ。ざっとその二倍も入費がかさんでいるのはあきらかだのに、七グルデンで足りているとすれば、何かわけがあるということに気がつかないわけはなかろうに。それにしても私は知っているが、世の中には、自分の家には豫言者*の尽きることなき油の壺があると思っている人々もいるからね。

七月十三日

いな、けっして自分を欺いているのではない！　あのひとの黒い眼の中には、私と私の運命へのいつわりならぬ共感が読みとれる。たしかに、私は感ずる。この点では自分の心を信じていいのだが、ロッテは——。おお、この至福をこの言葉でいっていいのだろうか？　いうことができるのだろうか？

私を愛している！　——ロッテは私を愛している！

——あのひとが私を愛してから、自分が自分にとってどれほど価値あるものとなったことだろう。——そして、君はこういうことを分ってくれる人だから、君にはいってもいいだろう。——私は自分をどれほど尊敬することだろう！

これは僭上だろうか？　それとも事実の生んだ感情だろうか？　——ロッテの胸の中の何物かについて、私がひけ目をおぼえるような人はほかにはいない。ただ——、彼女が婚約の人のことを話すときには、あのあたたかさ、あの愛情をこめて話すときには、——このときばかりは、私は名誉も位階も剝奪され、帯剣を召しあげられた人のような思いがする。

七月十六日

ああ、全身の血脈がおののく。ふとこの指があのひとの指にふれるとき、この足が食卓の下であのひとの足に出会うとき！　思わず私は火から身をひくが、奇《く》しき力がふたたび前へと牽《ひ》く。五官はくるめく。――おお、しかもあのひとの汚れのなさ、うちとけた心は、こうした小さな親しみがいかに私を苛むかを感じない。話しあいながらその手をこの手にかさね、興に熱しては身を近づけて、その口のきよい息吹きが私の唇にふれさえする――。私は雷光にあたって気を失うのではないだろうか。――そして、ウィルヘルムよ、もしひとたび私があえてこの天国を、この信頼を――！　君は分ってくれるだろう。いな、私の心はそれほど堕落してはいない！　弱いのだ！　いかにも弱いのだ！　――そして、弱いということは堕落ではないか？――

ロッテは私にとって神聖だ。その前にあっては、一切の欲念は沈黙する。そのかたわらにいるとき、心ははやここにはなく、あらゆる神経の中に魂が顚倒《てんとう》する。――あのひとにはあるメロディがある。それをピアノの上に天使の力もて奏《かな》でいでる。素朴に！　魂をこめて！　あのひとが愛するあの曲、ただそのはじめの一つの符が鳴りいでるとき、それは私をあらゆる苦悩、錯乱、懊悩《おうのう》からときはなつ。

古き代の音楽の魔力について語られる言葉は、一つとして偽りではない。ただ、あの単純な歌がどうしてこれほどまでに私をとらえるのだろう。ロッテはどうしてそれをうたいいでるのだろう。しかも、私が自分の額に一発の弾を撃ちこみたいとねがう、まさにそのときに――。そのときに、わが魂の昏迷《こんめい》と幽暗は四散して、私はふたたびかろく息をつく。

七月十八日

ウィルヘルムよ、もし恋なかりせば、この世はわれらの心にとってなんであろうか？　光なき幻燈！　その中に小さいランプが置かれるやいなや、われらの白い壁には彩《あや》ある像がうかびいでる！　よしそれがただたまゆらの幻影にはすぎなくても、それは依然としてわれらの幸福をかたちづくる。われわれはさながら稚《おさ》ない少年のごとくにその前に立って、あらわれいでた奇蹟の現象に心をおどらせる。今日私はやむをえない会合にひきとめられて、ロッテのところに行くことができなかった。そこでどうしたと思うね？　私は召使いをやった。それは、今日ロッテのそばにいた者を身近くにおいておきたかったからだ。使いが帰ってくるのが、どんなに待ちどおしかったことだろう。帰ってきたときには、どんなにうれしかったことだろう！　もし恥ずかしくなかったら、彼の頸を抱いて接吻するところだった。

＊ボロニア石を太陽にあてておくと、日光を吸収して、しばらくのあいだは夜でも輝いているという。この若者がそうだった。ロッテの眼ざしが彼の顔に、頬に、上衣のボタンに、外套の襟にむけられていたと思うと、これらのものが、この上なく神聖に貴く感ぜられた。このときには、頼む。私はこの若者を千ターレルに代えても手放さなかっただろう。彼がいるとたのしかった。――頼むから笑わないでくれたまえ、ウィルヘルム。たのしいからといって、それが幻影だろうか？

七月十九日

「あのひとを見よう！」朝目をさまして、心から快活に、うつくしい太陽を仰ぐとき、私は叫ぶ、「あのひとを見よう！」これでもう終日ほかの願いはない。すべては、すべては、この期待の中にのみこまれてしまう。

七月二十日

公使と一緒に私も＊＊に赴任するがよいという君たちの案だが、私はまだその気にはなれない。人に隷属《れいぞく》することはありがたくないし、おまけに公使がいやな奴だということは、周知のことだ。私の母が私に社会的活動をさせたがっている、という君の仰せだが、これには思わず笑った。今だって私は活動しているじゃないかね？　豌豆《えんどう》をかぞえようが、隠元豆をかぞえようが、根本には同じじゃないか？　世の中のことは、ついにはすべて愚劣の一語に帰着する。それが自分自身の情熱でもなく、自分自身の欲求でもないのに、他人のために、ただ金や名誉やそのほかのもののために、あくせく働きすごす人間は、しょせんは愚者だよ。

七月二十四日

私が絵を怠けないようにと、君がしきりに気にかけてくれるから、じつは何もいわずに黙っていたいのだが、白状すると、その後さっぱり仕事をしていない。

かつてこれほど幸福だったことはないし、小さな石塊や草の葉にいたるまでの全自然に対する感受性が、これほど充溢して切実だったことはない。ただ――それをどう表現してよいかが分らないのだ。私の表象力は弱く、万象すべてが混沌と魂の前に漂いゆらめいていて、輪郭をつかむことができない。それでも、もし粘土か蠟でもあったら、きっと造形してみる気になるだろう、と想像はする。もしこんな調子がもっとつづいたら、私は粘土を手にしてこねあげるだろう。ことによったらお菓子ができるかもしれないが。

ロッテの肖像を三度やりかけて、三度ともしくじった。すこし前にはもっと的確に描けただけに、いっそういらいらした。それで彼女の影絵をつくった。これで我慢しなくてはなるまい。

七月二十六日

承知しました、愛するロッテ、万事手配してととのえておきましょう。もっとたくさん用事をいいつけてください。どうか幾度でも。ただ一つお願いがあります。これからは私にくださる手紙には、吸取り用の砂*を撒かないでください。今日はいそいで唇にあてたところが、歯がじゃりじゃりといたしました。

七月二十六日

あのひとにあまりたびたび会わないようにしようと、幾度も決心をした。どうしてそれが守れよう！　毎日誘惑に負けてしまって、明日こそは行くまい、とかたく自分に約束をする。それだのに、その明日がくると、またやむをえぬ理由をみつけて、しらない間に彼女のそばにきている。あるときは彼女が晩にいう、「明日はいらっしゃるでしょうね？」――どうして行かずにいられよう？　あるときは彼女に用事をたのまれる。その返事は自分でもってゆく方が礼儀にちがいない。あるときはあまり天気がいいからヴァールハイムに行く。ここまでくれば、あのひとのところまではもうほんの半時間だ！　ロッテの雰囲気が近すぎる。——ええ、と思うと、もう行ってしまう。私の祖母はよく磁石山のおとぎばなしをしてくれた。船がこの山の近くによると、とつぜん金具がみな外《はず》れて、釘が山の方に飛んでいってしまい、哀れな船員たちは崩れ落ちる板のあいだに挟まれて無慚《むざん》な最期をとげる、という。

七月三十日

アルベルトが帰ってきた。私は去ろう。彼はもっとも善良なもっとも高貴な人物であるらしい。いかなる点からみてもその人に及ばぬことを、私がいさぎよく自認するような人であるらしい。されぱこそ、それほどにも完璧な性格を所有している人をわが眼前に見るのは、堪えがたいことだ。——ああ、所有！——なんにしても、ウィルヘルムよ、婚約者があらわれたのだ。立派な愛すべき男で、好意をもたないわけにはいかない人だ。さいわいにも、出迎えのときには私はいなかった！　いたらこの胸はひき裂けたろう。慎しみもふかくて、私がいるところではまだ一度もロッテに接吻したことがない。神もこのことをこの人に褒めたまえ！　ロッテを尊敬していることからいっても、彼を愛さないわけにはいかない。私に対しても好意をもってくれるが、これはおそらく彼自身の気持というよりも、ロッテの工作だろう。こうしたことでは女は敏感だし巧妙だ。二人の崇拝者をたがいに仲よくさせておくことができれば、得をするのはいつも女だもの。

もっともこれは、そうそういつも巧くやれることではあるまいけれど。

ともあれ、私はアルベルトに対して敬意を拒むことはできない。その沈着な外貌は、私が動きやすい性格をかくしおおせないのにくらべて、いちじるしい対照をなしている。この人は感情ゆたかな人で、ロッテが自分のものであることを誇らしく思っている。不機嫌になることはほとんどないらしい。君はしっているね、人間の悪徳の中で何よりいとわしいのはこの不機嫌だ、と私が思っていることを。

彼は私を分別のある人間だとしている。私がロッテを慕い、あのひとのすることなすことに熱いよろこびを感じているのも、つまりは彼の勝利を裏書きするものだから、彼はますますロッテを愛するばかりである。ときには小さなやきもちで苦しめることがありはしないか――、このことには触れないでおこう。すくなくとももし私が彼の立場にいたら、この嫉妬という悪魔からはそう逃《のが》れてはいられそうにもない。

それはとにもかくにも！　ロッテのかたわらにいる私のよろこびはもうなくなった！　これをそも痴愚とよぶべき？　はた眩惑《げんわく》とよぶべき？　――いまさら何しに言葉をえらぶことがあろう。事実そのものが語っていることである！　――このようなことは、アルベルトが帰る前からすべて分っていた。彼女に対してなんの野心ももってはならないことは知っていたし、またもちもしなかった。――とはいっても、それは、あれほども愛らしいひとのそばにいて、なお願わずにいられるかぎりでのことではあるけれども――。だのに、いまいよいよ他の男が姿をあらわし、宝を奪ってゆくこの期《ご》に及んで、痴《し》れ者はただ眼を丸くしてあきれている。

私は歯がみをして、わが身のみじめさを嘲罵する。あきらめるがいい、しょせんほかにはどうにもなることではないのだから、などといいだす奴がいたら、二倍にも三倍にも嘲罵しかえしてやる。——そんな木偶《でく》人形はくたばってしまえ！　——私は森の中を駈《か》けめぐる。ロッテのところへ行く。園の中の四阿《あずまや》に、アルベルトがあのひとと一緒に坐っている。ここで私はもうどうしようもない。私はでたらめになってふざけだし、道化たまねや気ちがいじみたことをかぎりなくやらかす。——「おねがいですわ」と今日ロッテが私にいった、「きのうの晩のようなところはお見せにならないでくださいませ。あなたがあんなに陽気におなりになると、なんだか恐《こわ》くなりますわ。」——これは内証だが、私はアルベルトが用事のある時をそっと窺《うかが》っている。そして、いまだ！　とばかり出かけていって、ロッテがひとりでいるのを見ると、いつもほっとする。

八月八日

きいてくれたまえ、ウィルヘルムよ、免れえぬ運命には忍従せよと説く人々を、我慢がならぬと罵《ののし》りはしたが、あれはけっして君を指したわけではなかったのだよ。君も似たような意見でありえようとは、思いもかけなかった。結局には君のいうことが正しいのだろう。ただ、このことだけをきいてくれたまえ。人生には「あれかこれか」で解決できることはめったにない。感情と行為のあいだにはさまざまの濃淡の別があって、その段階は、さながら鷲鼻と獅子鼻のあいだにおけるがごとしだ。

私は君の議論を全的に承認する。承認して、しかも、その「あれかこれか」のあいだをすり抜けようとする。これを悪くとらないでくれたまえ。

　君はいう。おまえはロッテに望みがあるか、あるいはないか、どちらかだ。よろしい。もし第一の場合なら、それを成就して自分の願望を達成するようにつとめるがいい。第二の場合なら、男らしく、おまえのすべての精力を銷尽《しょうじん》せずばやまぬそのみじめな感情から脱却すべく努力せよ――と。友よ！　これは当然至極《しごく》の御言葉だ。そして――いささか早まった御言葉だ。

　ここに一人の不幸な人がいて、その命は潜行性疾患のためにじりじりと滅びてゆきつつあるとする。君はこの人にむかって要求することができるかね、いっそ短刀の一突きで一挙に苦しみをとめてしまえ、と？　精力を銷尽する病苦が、同時に勇気をも奪ってしまうので、この病人はわれとわが身を病苦から解放することができないのではないか？

　おそらく君は似たような比喩で答えるかもしれない。ためらっておじけて、そのためについに命を賭けるよりも、むしろはじめから片腕を失った方がましではないか、と。――私には分らない。比喩で咬《か》み合うのはやめよう。もういいにしよう。――まことに、ウィルヘルムよ、立ちあがりかつふり棄《す》てる勇気の湧く瞬間が、私にもないわけではない。ただそのときに――もしも行手さえ分れば、私はきっと行くよ。

晩

　しばらく怠っていた日記を、今日また手にして、おどろいた。自分はなんとはっきりと意識しながら、一歩また一歩と、こうしたことの中へ入りこんでしまったことだろう！　いつも自分の状態を明瞭に見ていた。しかも、さながら子供のようにふるまってきた。今もはっきりと見ている。それでいて、良くなりそうな見込みはない。

八月十日

もしこのような痴《し》れ者でさえなかったら、私は無上に幸福な生活をおくることができるはずだ。いまのこの環境ほど、さまざまのよい条件があつまって一人の人間の心をたのしませるところは、めったにはない。ああ、うたがいもなく、幸福をつくるものはただわれらの心だ。——愛すべき家族の一員となり、老人には息子のように愛され、子供たちからは父親のように、さらにロッテからも！——それからまじめなアルベルト、この人は私の幸福をみだすような不機嫌な無礼を微塵も示さない。私をも心からの友愛をもって包んで、この世でロッテについでの大切な者に思ってくれる。——ウィルヘルム、われわれが散歩しながら互いにロッテのことを話しあっているのを、わきで聞いたら、さぞ愉快なことだろう。この関係ほど変ったものも考えられまいが、しかもこれを思って、私の眼にはしばしば涙が湧く。

たとえば、アルベルトは彼女の律義な母親のことを話してくれる。母親は臨終の床で、家のことも子供たちのこともロッテにたのみ、それから彼女をアルベルトの手に託した。このときから、ロッテの胸には思いもかけぬいきいきとした気持がはたらきだし、家政をとって、こまかく気を配って、真剣にほんとうの母親となった。まめまめしい愛情と仕事にいそしんで一瞬の時間もむだにすごしたことがなく、それでありながらいつも快活で、はれやかな気質を失ったことがない。

――こうした話をききながら、私はアルベルトとならんで歩いてゆく。そして、路傍の花を摘み、ていねいに花束に編んで――、流れゆく川に投げ入れ、それがゆるやかに漂い去るのを見おくる。――もう君に知らせたかどうだったか、アルベルトはこの町にとどまって、相当な収入のある宮廷の役につくことになるだろう。彼は宮廷でも評判がよく、仕事に几帳面《きちょうめん》で勤勉なことでは、あのくらいな人はあまり見たことがない。

八月十二日

たしかに、アルベルトはこの地上でいちばんいい人だ。昨日、私は彼と妙な場面を演じてしまった。私は彼のところへ別れの挨拶に行った。それは、にわかに山に遠騎《の》りをしたくなったからで、この手紙もいま山から書いているわけだ。私がアルベルトの部屋の中をあちこち歩いていると、ふと彼のピストルが目についた。――「このピストルを貸してください」と私はいった、「旅行にもってゆきたいから」――「どうぞ」とアルベルトはいった、「弾は御自分でこめてください。ここにはただ飾りにかけておいてあるのですから」――私はその一梃《ちょう》を外《はず》してとり下ろした。彼はつづけていった、「なまじっか用心のつもりだったのが、とんでもない失策をしたことがあってね、それ以来こういうものには手を触れたくなくなりましたよ」――私は好奇心からその顚末《てんまつ》をたずねた。――「以前三月ほど」と彼は話した、「田舎の友人の家に滞在したことがありました。二梃のピストルには弾もこめないでおいて、それでも夜はけっこう安眠していたのですが、ある雨の日の午後、暇でぶらぶらしていると、ふとどうしたはずみか気になりだしました。

強盗が入ってくることがないとはいえない、ピストルが必要になるかもしれない、ことによったら——、とまあ、こんな気持はあなたもすることがあるでしょう。——私は下男にピストルを渡して、これを磨いて装塡《そうてん》しておいてくれ、といいつけました。すると下男は女中たちとふざけて、おどかそうとしたんですね。思いがけなくもピストルが発射し、まだ槊杖《さくじょう》が入っていたものだから、それが女中の右手の拇指《おやゆび》の付け根につきささって、拇指をくだいてしまった。それから私は泣きつかれる。治療代は払わされる。このときから私は、一切の銃器に弾をこめないでおくことにしています。どうですか、あなた、いったい用心なんてなんですかね？ どういう危険がおこるかはあらかじめ分るものじゃない！ ただし——」さて、ウィルヘルムよ、私はこの人が非常に好きだけれども、ただこの「ただし」がやりきれないのだよ。すべての一般的な命題には例外がつきものだということは、自明ではないか？ だのに、この人は慎重をきわめている。ひとたび自分が何か行きすぎたこと総括的なこと不確定なことをいってしまったと気がつくと、それからはそれを限定し修正し、削ったり加えたりしはじめてとめどがなくなり、しまいには肝心の話がどこかに行ってしまう。この際にも、彼は詳細に説明に没頭した。とうとう私はもうアルベルトの弁じていることには上《うわ》の空《そら》で、勝手な空想にふけっていたが、そのうちに発作的な身ぶりで、額の右の眼の上のところにピストルの銃口をおしあてた。——「冗談《じょうだん》じゃない！」とアルベルトは叫びながら、ピストルを私の手から奪った、「何をする気です」——「弾がこめてないのじゃありませんか」——「こめてなくたって、どうしようというのです」と彼はいらだたしくいいかえした、「自殺するなんて、人間がどうしてそれほど馬鹿になれるのか、わけが分らぬ。考えただけでも腹がたつ」

「あなた方のような人たちは」と私は叫んだ、「何か事があるとすぐに、それは馬鹿だ、これは悧巧《りこう》だ、それはいい、これはわるい、といわないと気がすまない。それはいったいどういう事なのです？ それをいうために、あなた方はその行為にはどんな事情がひそんでいたかを、しらべたことがありますか？ なぜおこったか、おこらざるをえなかったか、その原因をはっきりと立証することができますか？ もしできれば、そんな早まった判断はきっとしないに相違ない」

「でも」とアルベルトはいった、「ある種の行為は、たとえそれがいかなる動機からおこったにしても、つねに罪悪です。これはあなただって認めるでしょう」

私は肩をすくめて、それはそうだ、といった。「しかしですね」と私はつづけた、「ここにもまたいくつかの例外はありますよ。たしかに窃盗《せっとう》は罪悪だ。しかし、ある人間が自分と家族を目前の餓死から救うために盗みにでかけるとしたら、この男が価するのは刑罰ですか？ それとも同情ですか？ 不貞の妻とその下劣な誘惑者をむりからぬ激怒から殺害した夫にむかって、誰がまず最初の石を投げますか？ 歓喜のひととき、おさえがたき恋のよろこびにわれを忘れた乙女にむかって、誰がまず最初の石を投げますか？ われらの法律、この冷血なる衒学《げんがく》の化身といえども、それには心うごかされて、刑罰を保留する」

「それは別の場合です」とアルベルトがいいかえした。「激烈なる感情の惑乱するところとなった人間は、思考力を喪失したものである。一時的に酩酊《めいてい》ないしは精神異常の状態におちいったとみなされるべきである。」

「やれやれ、諸君、理性ある人々よ！」と私は微笑をもって叫んだ。「激烈なる感情！　酩酊！　精神異常！　それほども冷静に、それほども恬然《てんぜん》としておられる、諸君、品行方正なる方々よ！　酔いどれをそしり、乱心者には鼻をつまみ、さながら僧侶*のようにかたわらを通りすぎる。そして、かかる者たちのごとくには造られざりしことを思って、パリサイ人*よろしく神に感謝する。私はいくども酔ったことがあります。私の激情は発狂にとおくはありませんでした。しかし、そのいずれをも後悔はしていません。というのは、私はようやく私なりに理解したからです。むかしから偉大な、ほとんど不可能と思われた事業を成就した非凡な人物が、すべて乱酔とか発狂とかいいふらされるようになった、そのゆえんが分ったからです。

日常の生活においても、自由な高貴な世の意表に出る行為の人は、その中途にあってはほとんど例外なく、あの男は酔っている、あの男は痴れ者だ！　という罵声《ばせい》を背後からあびせかけられます。これこそまことに堪えがたいことです。恥じよ、諸君、醒めたる人々！　恥じよ、諸君、賢者たち！」

「またあなたの気まぐれですね」とアルベルトがいった。「あなたはなんでも誇張なさる。すくなくともいまの場合、自殺を偉大な行為と比較なさるのは、いけませんよ。どう考えても自殺は弱さですよ。なぜといって、くるしい生をじっと堪え忍ぶよりも、死ぬほうが安易なことは、分りきっているじゃありませんか」

私は話をうち切ろうと思った。こちらは心の底から話しているのに、相手は平板な常套句《じょうとうく》で身をかためてやってくる。こんな議論ほどいらだたしいものはないからだ。しかし、これもよくきく文句だし、それに腹をたてたことも幾度もあったので、私は気をとり直した。そして、いくらか語気はげしくいった。「それを弱さだとおっしゃるのですか？　おねがいです、外見によって惑わされないようにしていただきたい。暴君の堪えがたき桎梏《しっこく》のもとに呻吟《しんぎん》する国民が、ついに蹶《けっ》起《き》してかれをつなぐ鉄鎖をたちきったとき、それが弱さといえますか？　わが家が火災につつまれた愕《おどろ》きによって全身の力が緊張し、平静のときは動かすこともできない重荷をかるがると運び去る人、侮辱をうけた激怒のうちに六人と争ってこれを圧服する人、それが弱さといえますか？緊張が強さであるといわれながら、どうして極度の緊張がその反対でありうるのですか？」——アルベルトは私を見まもっていった。「失敬ですがね、いまおあげになった例は、この場合にはあてはまらないと思いますよ」——「かもしれません」と私はいった、「いままでにもよく非難されましたが、私の連想は往々にして囈言《うわごと》に類するそうですよ。しかし、われわれが何事かを語りあう資格があるのは、たがいに共感できる場合にかぎっているのですから、こんどはいままでとは別な方法で、追求ができるかどうかやってみましょう。もともとたのしかるべき生の重荷をわれみずから投げ棄てる決心をする人は、いったいどういう気持ですることなのでしょう？」

「人間の本性には」と私は言葉をつづけた、「限界があります。よろこびにも悩みにも苦しみにもある程度までは堪えられるが、その限界を越えると、たちまちに破滅します。だから、今の場合の問題は、その人が弱いとか強いとかにあるのではない。その人が——精神的にでも肉体的にでも——苦しみの限度に耐えきれるか否かにあるのです。だから、みずからの生を絶つ人を卑怯者だというのは、悪性の熱病によって命を奪われる人を卑怯者とよぶのと同様に、不当であり奇怪であると思います」

「詭弁《きべん》だ！　ひどい詭弁だ」とアルベルトは叫んだ。――「だとしても、あなたがお考えになるほどひどい詭弁ではありませんね」と私はいいかえした、「こういうことはいうまでもないでしょう。肉体がひどく侵され、力も消耗し、機能もだめになり、もう回復しようもなく、いかに運のいい変化があっても生命の平常の営みをとりもどすことができない、こうなればもうそれは死病です。

さて、いいですか、このことを精神にあてはめてみます。ある人間の心が追いつめられてゆく、そのさまをよく見てください。彼にはさまざまの印象がはたらき、さまざまの観念が固定します。そして、情熱がますます昂進《こうしん》して、とうとう一切の平静な思考力を奪ってしまい、ついにこの人をうち仆《たお》します。

冷静な理性的な人がこうした不幸な人間の状態を見ぬいても、それはむだです！　忠告をしても、なんにもなりません！　ちょうど健康な人が病人の枕頭に立って、自分の力をほんのすこしでも吹きこんでやることができないようなものです」

この言い方はアルベルトには一般的にすぎた。たまたましばらく前に水死体となって発見された少女があったから、私はそのことを例にひいて、彼女の身の上ばなしをしてきかせた。――「善良な娘でした。せまい生活の中に育って、家の手伝いと毎週のきまった勤めをしていました。日曜日にはよせあつめの布で仕立てた晴着をきて、朋輩と町のまわりを散歩する。大祭日ぐらいには踊りにゆく。そのほかは喧嘩があったり悪い噂話があったりすると、夢中になっていきおいづいて隣の女といく時間も根ほり葉ほり喋《しゃべ》りまくる。楽しみのあてといってはせいぜいこんなことでした。――ところが、そのうちにこの娘の火のような性質がもっと胸の底からねがいを感じてくると、それが男たちのうれしがらせで煽りたてられ、これまでの楽しみがだんだんつまらなくなってくる。あるとき一人の男にであったが、自分でもまだ覚えのない感情にひきつけられて抑えることができなくなり、ただこの男に一切ののぞみをかけ、わが身をめぐる世の中も忘れ、ほかには何もきかず、何も見ず、何も感ぜず、ただひとりこの男にばかり恋いこがれる。浮気な虚栄やかりそめの快楽に身をもちくずした女ではないから、その願いはただいちずに、男の妻になりたい、とこしえの絆《きずな》に結ばれてわが身に欠けた幸せをえたい、あくがれるよろこびをみな一つにして味わいたい。誓約がくりかえされ、大丈夫だよとかたく保証もされ、思いきった愛撫をされれば情もつのって、心はまったくとらえられてしまう。もうはっきりとはわけも分らずに、おぼろながらに楽しみはこうもあろうかと思えば、はりさけるほどに緊張して、すべての願いをかき抱こうと、とうとう腕をさしのばす。――そして男にすてられる。――娘は五体も硬《こわ》ばって、気も抜けたように、深淵のほとりに立つ。あたり一面はくらがりで、先も見えず、慰めもなく、どうしたらいいか分らない！　あの男の中にだけ自分の存在を感じていたのに、それに行かれてしまったのです。娘は前途のひろい世界も見ません。失ったものを補ってくれるかもしれない多くの人をも見ません。すべてのものから棄て去られたただひとりのわが身のことだけが身に沁みて、――盲《めし》い、追いつめられ、おそろしい胸の悶《もだ》えのままに、身を投げます。四方を囲む死の中に、一切の苦悩を絶とうとするのです。――どうでしょう。アルベルト、これが多くの人間の身の上です。ちがいますか、これも病気の場合ではありませんか。錯雑《さくざつ》し矛盾したもろもろの人間の力の迷路の中から、どうにも出てゆく路がない。それでその人は死をえらぶのです。なんたる奴ですかね、それを傍観して、愚かな女だ！　もうすこし待てば、時が癒《いや》してくれるのに。絶望もおさまるだろうし、そうすればきっと他の男があらわれて慰めてくれるのに、なんていえる人間は！——それはちょうど、愚かな奴だ、熱病のおかげで死ぬなんて！　もうすこし待てば、体力も回復して体液もきよまり、血の擾《さわ》ぎもしずまるのに。なにもかもよくなって、今日まで生きていられただろうに！　というのと同じことです」

　アルベルトにはこの比喩がまだぴったりとしなかったので、さらにいくつか反駁《はんばく》した。そのなかにこういうのがあった。いまの話は無智な娘の場合だが、もっと分別があって視野もひろく、あれこれの事情も見とおせる人の場合であったら、その自殺をどう弁明できるか、まだまだ納得しがたい。——「ああ、友よ」と私は叫んだ、「人間は人間です。誰かがすこしばかり分別をもっていたところで、いったん情熱が荒れくるって人間の限界におしつめられたら、そんなものは、ほとんど、いやまったく、役には立ちませんよ。それどころか——。いや、また別のときにしましょう。」私はそういうなり、帽子をつかんだ。おお、私の胸はいっぱいだった——。われわれは互いに理解しないまま別れた。生きていて、人が人を理解するということは、めったにはないのが常なのだろう。

八月十五日

疑いもなく、人間をこの世でもっともなくてはならないものにするのは、愛だ。ロッテが私を失いたくなく思っていることは察せられるし、子供たちときたら、いつも私が明日またくると思っている。今日はロッテのピアノを調律するために出かけた。ところが、それができなかった。子供たちがお伽話をしてくれとせがむし、ロッテまでがしてやってくださいましといったからだ。私は子供たちに晩のパンを切ってやった。近頃は子供たちも、ロッテからもらうと同じくらいよろこんで、私からパンをもらう。私は得意の物語「*たくさんの手から給仕されるお姫様」を話してやった。これをして、いろいろ学んだことがあった。ほんとうだよ。子供たちがどのような印象をうけるものかを知って、びっくりした。二度目に話すときには傍《わき》筋のことを忘れているから、ときどき創作をすると、子供たちはすぐに、この前にはそうじゃなかった、というね。それで私はいまは、話をすこしも違わずに歌うような抑揚で一本調子に暗誦する練習をしている。このことから悟ったことだが、*著者は作品の改訂第二版を出すと、たとえそれが芸術的にはずっとよくなっていても、かならず自分の本を傷つけることになる。第一印象は入りやすい。人間はどんな荒唐無稽な話でも、聞いているうちに自然とこれがあたりまえと思うようにできている。そして、それがすでにしっかりと根を下ろしてしまう。だから、これを削ったり抹殺したりすると、とんでもない目にあう。

八月十八日

人間に喜悦をあたえるまさにそのものが、かえってその悲惨の因《もと》となる。これもまたさだめなのであろうか？

生ける自然に対する熱い情感はわが胸にあふれて、私は多くの歓喜に浴《ゆあ》みした。これによって四囲の世界はわがための天国と化した。それだのに、これがいまは堪えがたい迫害者、呵責《かしゃく》する霊となって、どこにいても私を追いくるしめる。かつては、岩の上に立って、川越しにかなたの丘のほとりまでゆたかな谷を見はるかし、あたりのものなべてが萌《もえ》いで湧きたっているのを眺めたこともあった。また、山々が麓から頂きまで高く繁った木立ちに蔽われ、谷々が変化をきわめてうねりながら、やさしい森の中に埋《うず》もるさまを見たこともあった。ゆるやかな川は呟《ささや》く蘆のさなかを滑りつつ、夕べのそよ風が空より揺りきたる雲をその面に映していた。さらにまた、いずくをむいても森をにぎわす群鳥の声がきこえ、数しれぬ羽虫の群が落日の赤い光のうちにはげしく踊り、うち顫《ふる》う陽《ひ》ざしに甲虫は叢の中から唸りつつ舞いたっていた。あたりをめぐるこのそよめきと営みに、思わず惹《ひ》かれて地の上を見やると、そこには、わが足の下の堅い岩から養分を吸う苔や、瘠《や》せた砂丘を斜めに下へと這《は》う灌木が生えていた。これをながめて、私は自然の内部なる灼熱の聖《きよ》き生命が、目の前にひらかれる思いがした。――このようなときには、私はそのすべてをわが熱き胸に抱き入れ、溢れ滾《こぼ》れる充実のうちに、わが身すら神に化したかの思いにとらえられた。わが魂のうちに無限の世界の燦然《さんぜん》たる形象がうごきいでて、生命もて万有をみたした。かくて、巨大な山嶽が私を囲繞《いにょう》し、眼前には深淵が口をひらき、細流はせせらぎ落ち、洋々たる大河の潮が脚下にさしてきて、森も山脈も谺《こだま》した。大地の底には、測るべからざるもろもろの力が入りみだれて作用しあい働きあった。そのさまを、私はまざまざと見た。地の上、天の下には、ありとあらゆる生き物の種族がむらがっている。生きとし生けるものは万様の姿もて繁殖する。ただ人間は小さき家を造って内に寄りあい、身をば護らんがために巣をかまえ、思えらく――われこの広き世界を領す、と！　みずからの矮小《わいしょう》のゆえにかくも万有を軽んずる、憫然《びんぜん》たる痴《し》れ者よ！――行くべからざる山脈からいまだ人跡を印したることなき荒野をこえて、さらに知られざる大洋の果てにいたるまで、そこに息吹きするは永遠に創造する者の霊である。この者こそは、その声をきいて生くる者を、塵泥《ちりひじ》といえども嘉《よみ》したもう。――ああ、あのころは、わが頭上を翔《かけ》りゆく鶴の翼をかりて渺茫《びょうぼう》たる大洋の果てへゆきたいと、どれほどあくがれたことだろう！　無限者の泡だつ杯《さかずき》から噴《ふ》きこぼれる生命の快楽を啜《すす》りたいと、どれほどねがったことだろう！　そうして、ただ一瞬の間なりとも、万有をおのれの中に蔵し、おのれによって生みいずる唯一者の至福の一滴を、わが限られた胸の力のうちに味わいたいと、いかにしばしば望んだことだろう！

しかるに友よ、いま、私はただあのころの追憶をなつかしむばかりである。あのいいがたい情感をよびかえしてふたたびそれを口にするだに、はや魂は昂《たか》まるが、しかしその後には、身をめぐる自然の畏怖《いふ》すべき実相を、いやましに感ぜずにはいられない。

さながら、わが魂の前に帳《とばり》が引き上げられたかのようだ。無限の生命の舞台と思われたものは、私の眼の前で、永遠に口をひらいた墓の奈落と変じてしまった。およそ何人《なんぴと》が何事について「それは存在する」と確言することができようぞ？

すべてのものは過ぎさってゆくではないか？　万有は稲妻のごとくにはやく推移してゆくでは

ないか？　存在がその全き力を保ちつくすことも稀に、ああ、流転の奔流の中に引き入れられ、沈められ、ついには岩にあたって砕かれてしまうではないか？　君と君の愛する者を啖《くら》いつくさぬ刹那は一瞬もなく、君が破壊者にあらず、たらずしてすむ時間は一刻もない。心なき散歩のあゆみに、われらは数千の可憐な虫の命をうばう。ひとたび踏めば蟻の営々たる建物は蹂躪《じゅうりん》され、小さき世界は無慙《むざん》な墓場と化する。まことに！　わが心を撼《ゆす》るのは、かの村落を洗い去る洪水、また都市を呑噬《どんぜい》する地震、これらの稀にのみ世におこる大災厄ではない。自然の一切の中にかくれひそむ、蚕食《さんしょく》の力、これが私の心を礎から掘り崩す。いまだかつて自然は、自己と隣人とを破壊せぬものを創造したことはなかった。これを思って、私は不安におびえよろめく。天と地と、その織りなす力は、われをめぐってある！　しかもそこに、わが眼に映ずるのは、ただ永遠に啖いつくし永遠に反芻する、怪物にすぎない。

八月二十一日

朝な朝な、くるしい夢から醒めながら、私はむなしくかのひとに腕をさしのべる。夜な夜なは、けがれないたのしい夢にあざむかれ、よりそって草の上に坐って、手をとって千の口づけもて覆うかと、むなしくかのひとをわが床の中にもとめる。ああ、しばらくはなお醒めがての夢に酔いつつ、かのひとのかたをまさぐり、やがてふと我にかえれば――、抑えられた胸からは涙のながれがほとばしりいで、慰まんすべをもしらず、暗き未来にむかって泣く。

八月二十二日

みじめだ。ウィルヘルムよ、私の活動力は調子がくるって、落ちつかない懶惰《らんだ》となってしまった。私はぼんやりとしてもいられないが、といって何をすることもできない。表象する力もなくなった。自然にも無感覚となった。本は見るだけで嘔吐を催す。自分に自分が欠けてしまうと、一切のものが欠けてしまう。まったくの話、私は日傭人になりたいと思うことがよくある。せめて朝目がさめたときだけでも、今日一日の目あてが、内心からふるいたたせるものが、希望が、もちたいからだ。耳の上まで公文書に埋っているアルベルトを見るといつも羨ましく、彼の代りになれたらうれしかろうに、とよく空想する。これまでも幾度か思いたって、君と大臣に手紙を書いて、公使館ではたらく地位を求めようと思った。この地位なら断られることはあるまい。君もそういってくれるし、自分でもそう感じている。大臣は以前から私に好意をもってくれ、何か職務に専心するようにと、ひさしくすすめてくれていた。それで、ときにはそれも悪くないと思うのだが、後でまた考えなおして、例の馬の寓話*、自分の自由がいやになって鞍と馬具をつけてもらって、とうとう乗りつぶされたはなしを思いだす。――いったいどうしたらいいのだろう。――友よ、私はつねに現状の変化を渇望せずにはいられないのだが、これはことによったら内的な不快な焦躁感なので、どこに行っても私を追跡してくるのではなかろうか?

八月二十八日*

もしも私の病いが癒《いや》されるものなら、それをしてくれるのは、うたがいもなくこの人たちだ。

今日は私の誕生日だ。朝はやく、アルベルトからの小包を受けとった。開くと、あらわれたのは淡紅色の飾り紐だった。これは私がロッテをはじめて見たときに、ロッテが胸につけていたもので、そののち私が幾度も所望したものだ。これと一緒に十二折判《じゅうにおりばん》の小さな本が二冊はいっていた。それは小型の*ヴェートシュタイン版のホーマーで、*エルネスティ本は散歩にもってあるくのには重くて閉口だから、いつもこれを欲しいなあと思っていた。こういうふうなのだよ！　こういうふうにあの人たちは私の望みに先廻りをして、折りもあらばと、こまやかな友情の心づくしをしてくれる。贈り手の虚栄心にこちらが思わず屈辱をおぼえるような、例の目も眩《くら》む贈物より、こうしたことの方がどれほど貴いことだろう。私は飾り紐にいくたびも接吻した。そして、一息ごとに、いまははやかえすすべとてもないあの幸多き幾日のあいだに、私をみたしてくれた浄福の思い出を啜《すす》りこんだ。ウィルヘルムよ、こういうものなのだね。いまさら何を嘆くことがあろう。人生の花は幻にすぎない。ただ一つの痕跡をも残すことなく、どれほど多くの花がうつろいすぎることだろう！　実を結ぶ花のなんとすくないことだろう！　しかも、この実のうちで熟《う》れるものはどれほどあることだろう！　とはいえ、熟れた実のいくつかはある。それだのに——おお、友よ！——それを顧みもせず、蔑《な》めし、味わわぬままに腐らせてしまうことが、よもあっていいものだろうか！

　さようなら！　かがやかしい夏だ。私はたびたびロッテの果樹園の樹の上にのぼって、長い棒を手にして、梢から梨を折りとる。ロッテは下に立っていて、私が梨を落すと、それをうけとる。

八月三十日

哀れな者よ！　おまえは痴《し》れ者となりはてたのか？　みずから惑っているのではないのか？　この果てしない狂おしい情炎はどうしたということだ？　もはや私は、あのひとにささげるほかには祈りを忘れた。私の空想にはあのひとのほかの姿はあらわれない。身をめぐる世界の中に、見る一切のものは、ただあのひととの関係においてある。これによって、私は多くの楽しい時をあじわう。――ただ、ふたたび別れねばならぬそのときまで！　ああ、ウィルヘルム！　私はしばしば別れをねがうことすらある！――二時間三時間のほどをあのひとのそばに坐って、あの姿、あのふるまい、あの言葉のきよいひびきに心奪われていると、やがて五官ははりつめ、眼の前も暗く、耳は聾《し》いたがようだ。この咽《のど》をとらえる扼殺者《やくさつしゃ》の手があるかとばかり、心臓は劇しく鼓動して昏《くら》んだ五官を解き放とうとするが、かえっていよいよその惑乱をます。――ウィルヘルム、しばしば私はもはや自分がこの世にあるのか否《いな》かが分らなくなってしまう。そうして――度《たび》多いことではないけれども、悲哀に圧倒されて、ロッテの手の上に伏して胸の悶えを涙にはらす。このみじめな慰めをゆるされるとき――私は立ち去らずにはいられない！　出てゆかずにはいられない！　それからは、遠い野をさまよい、嶮しい山を攀《よ》じ、道なき森に径《みち》をひらいてゆく。傷つける叢のあいだを！　ひき裂く棘《とげ》のさなかを！　これがよろこびだ。これでいくらかは気が楽になる。いくらかは！　こうして、ときには疲労と飢渇のために途の上に倒れ伏し、またときには満月たかき深い夜にさびしい森の曲った木の上に腰を下ろし、傷ついた蹠《あしうら》をいたわりながら、薄明の光につつまれて疲れた憩いをまどろむ！　ああ、ウィルヘルム、僧房のひとり居、裘《かわごろも》の服、棘《いばら》の帯、これが私の魂があくがれる慰めだ。さようなら！　このながい悩みは墓のほかには果てるところがない。

九月三日

私は去らなくてはならぬ！　ウィルヘルム、君が私のぐらついている決心をきめてくれたことを感謝する。もう二週間も、ロッテから離れようという考えを抱いていた。私は去ろう。あのひとはまた町に来て友だちのところにいる。そしてアルベルトも――。さあ、私は去らなくてはならぬ！

九月十日

なんという夜だったろう！　ウィルヘルム、いまや私はすべてにうち勝つ。もうあのひとには会わない！　おお、君の頭にとびついて、つきぬ涙と忘我のうちに、胸を襲う感慨をうち明けたい。いま私は坐って、あたらしい大気を求めてあえぎながら、自分を落ちつかせようとつとめて、朝になるのを待っている。日の出には馬の用意ができるはずだ。

ああ、あのひとは今安らかにまどろんで、もう私を見ることはないとは知らぬ。私は身をふりきってきた。二時間の会話のうちにもついに本心を漏らさないほどには、私も強かった。それにしても、ああ、なんという会話だったろう！

アルベルトは、夕食がすんだらすぐにロッテと一緒に庭園*にいる、と約束した。私はテラスの上の高い栗の木の下にたたずんで、落日を見おくった。これを見るのも今日かぎりと思うままに、ゆるやかな川の彼方《かなた》のやさしい谷の上に、太陽は沈んでいった。あのひととここに立って、この壮観を見守ったこともよくあった。そして今は――。私はなつかしい並木路を行きつ戻りつした。まだロッテを知らない前にも、なにか神秘な吸引の力にひかれて、私はよくここに来た。人工がつくったものでこれほどロマンティックなものはそう他にはないが、二人が知りあった初めのころ、お互いにこの場所が好きだとうち明けて、なんとよろこんだことだったろう。

思いうかべてくれたまえ、まず、栗の木のあいだに遠い展望がひらけている。――ああ、このことはもう幾度も記したような気がするが、さらに行くと壁のように並んだ高い橅《ぶな》にかこまれ、つづく木立のために並木路はしだいに暗くなり、ついには奥まった小さな空地に終る。ここには身のしまるような寂寥《せきりょう》の気がただよっている。私がはじめてある真昼にここに足を踏み入れたときの、しみじみとした気持を、いままざまざと思いだす。かすかながらに、あのときにはや予感していた、やがてはこの場所がわが幸福と苦悩の舞台となりはせぬかと。

およそ半時間ほど、傷ましくも甘い別離と再会の思いに耽《ふけ》っていると、テラスを登ってくる足音がきこえた。私は走って二人を迎え、心のおののきをおさえて、あのひとの手をとり口づけた。われわれが階段を登りおえたときに、叢《しげ》みに覆われた丘のうしろから、月がさし昇った。あれこれのことを話しながら、われわれはいつのまにか暗い四阿《あずまや》のそばにきた。ロッテは中に入って腰を下ろし、その横にアルベルトが、やはり並んで私も坐った。けれども心が動揺して、ながくは坐っていられなかった。私は立ちあがり、あのひとの前に歩みより、行ったり来たりしてから、また腰を下ろした。いらいらしていた。壁のような橅の並木の端から月光が射して、目の前のテラスはそれを一面に浴びていたが、ロッテはそのうつくしい反映を指さした。すばらしい眺めだった。身のまわりには薄明が翳《かげ》ふかくこめていたので、いっそう眼にあざやかだった。たれも黙っていた。しばらくたってロッテが話しはじめた。「わたくしは月の光の中を歩きますと、いつもきまって、亡くなった人たちのことを思いだします。死とか来世とかいうことが、ひとりでに頭に浮んでなりません。わたくしたちもいつかは行くのでしょうね！」ロッテはふかい感情の罩《こも》った声でいいつづけた、「ウェルテル、わたくしたちはあの世でまた会えますかしら？　お互いに分りますかしら？　どうなのでしょう？　教えてくださいまし」

「ロッテ」と私は彼女の手をとって、眼に涙をたたえていった。「会えますとも！　この世でも、あの世でも、きっとまた会えますとも！」――私はもうこれ以上いうことができなかった。――ウィルヘルム、折りもあろうに、私が切ない別れを胸にひそかに思いさだめているこのときに、どうしてこれを訊《たず》ねるのだろう！

「なつかしい亡くなった人たちは、わたくしたちのことを知ってくれるでしょうか？」とロッテはいいつづけた。「わたくしたちがしあわせのときには、あたたかい愛情をもってあのひとたちのことを思いだしているということを、感じてくれるでしょうか？　ああ、しずかな晩に、母の子供たち――いまはわたくしの子供たちなのですけれども――その間に坐っていますと、みなが、ちょうど以前に母の周《まわ》りに集ったように、わたくしの周りに集ってまいります。そんなときには、いつも母の姿がそばに泛《うか》んでまいります。わたくしは母を慕う涙をたたえて、空を見あげて、こうおねがいいたします。一目でもよいから、おかあさま、ここをごらんになってくださいまし。わたくしは御臨終のお約束を守って、おかあさまの子供たちのおかあさまになっているつもりでございます。そして、いいようのない思いをこめて叫びます。おかあさま、もしもわたくしが子供たちにとって、あなたがそうであったような母親でありませんでしたら、どうぞおゆるしくださいまし。ああ、わたくしはできるかぎりのことをいたしております。着物もきせ、御飯もたべさせ、そしてなにより、いたわって可愛がっております。わたくしどもが睦まじくしているのをごらんになりましたら、愛する聖《きよ》いおかあさま、あなたはきっと神様を熱い感謝をもっておたたえになるでしょう。あなたは神様に、いまわの苦《にが》い涙もろとも、子供たちのしあわせをお祈りなさいましたのですから」

ロッテはこういった。おお、ウィルヘルム、その言葉をだれがくりかえすことができよう！このきよらかな心の花を、どうしてつめたい死んだ文字があらわせよう！　アルベルトはやさしく言葉をはさんだ。「ロッテ、それでは思いつめすぎるよ。そうした考えに惹《ひ》かれるのは分るけれども、おねがいだから――」――「おお、アルベルト」とロッテはいった、「あなたもお忘れではないでしょう。パパが御旅行にいらっしゃった晩には、わたくしたちは子供を寝かしつけたあとで、いつも二人で小さな丸テーブルに坐りましたわねえ。あなたはよくいい本を持っていらっしゃいましたが、それでもいつもお読みにはならないでしまいました。それというのも、おかあさまのすぐれた魂とふれあうことの方が、もっとよかったからでしょう？　うつくしい、やさしい、快活でいつも働きずきの母でした。神様もごぞんじでございます。わたくしはよく寝床の上で神様の前にぬかずいて、どうぞおかあさまのようなひとにしてくださいましと、涙をこぼしてお祈りをいたしました」

「ロッテ！」と私は叫んで、その前に身を投げかけ、その手をとってとめあえぬ涙でぬらした。「ロッテ！　神の恵みはあなたとお母さんの霊の上に、かならずあります！」――「もしあなたがおかあさまをごぞんじでしたら」と彼女はいって、私の手を握った、「知っていただいて恥かしいひとではありませんでした」――これをきいて、私は絶え入るような思いがした。これほど誇らしい言葉を自分にいわれたことは、ついぞなかった。――彼女はつづけた。「この母が末の息子がまだ六月にもならないとき、女盛りの年に亡くなりました。長患いではありませんでした。おちついて、何もかもまかせきっておりましたが、ただ子供たちのこと、ことに赤ん坊のことでは心を痛めておりました。臨終がさしせまってきまして、母は『みなをつれてきておくれ』と申しました。わたくしは子供たちを部屋につれてまいりました。小さい子たちは何も分りませず、大きな子たちはただおろおろしております。みなが寝台のまわりに並びますと、母は両手をあげて子供たちのためにお祈りをあげまして、つぎつぎと接吻をしてから、部屋から出しました。それから、わたくしに『あの子たちのおかあさんになっておくれ！』と申しました。わたくしは母の手をとって、それを誓いました！――『そのお約束はほんとうに御苦労なことだけれどもね』と母は申しました、『母親の心と母親の目ですもの。けれども、それがどんなものかおまえには分っていましょう。これまで幾度もおまえの感謝の涙を見て察していました。どうかそれを弟妹たちのために持ってやっておくれ。それから、お父さまのためには妻の真心と従順とをね。よくお慰めしてあげてくださいよ。』――母は父のことをたずねました。父は堪えきれぬ傷心のさまを見せまいとして、外に出ていました。身も心もひき裂かれる思いだったのでございます。アルベルト、あなたはあの部屋にいらっしゃいましたね。足音を耳にして、母は誰かとききまして、それからあなたを枕もとに呼びました。そして、あなたとわたくしをじっと見つめましたが、そのしずかな眼ざしには、二人は幸福になれる、一緒になって幸福にくらすだろう、とすっかり安堵《あんど》した様子が読まれました」――アルベルトはロッテの頭を抱いて口づけ、叫んだ。「そうなるとも！　そうなっているとも！」――いつもは沈着なアルベルトがちがった人のようだった。私もわれを忘れていた。

「ウェルテル」とロッテはいった、「この母が亡くなったのでございます！　ああ！　人は生涯のいちばん愛するひとを奪いさられるものでございますね。でも、それを誰よりもするどく感じるのは子供たちですわ。いまになってもまだ、黒い衣をきた男たちがママを担いでいってしまったと、嘆いておりますのよ。ときどきそれを思いますと！」

ロッテは立上った。私もほっと我にかえりながら、なお胸をふるわせたまま坐って、彼女の手をとった。――「まいりましょう」とロッテはいった、「もう遅うございます」――そういって手をひこうとしたが、私はいよいよ堅くにぎりしめた。――「きっとまた会いますとも！」と私は叫んだ、「見つかりますとも。どんな姿をしていても、おたがいに分りますよ。私は行きます」私はいいつづけた。「よろこんで行きます。ただ永遠に、ということだけは、つらいけれども。さようなら、ロッテ！　さようなら、アルベルト！　きっとまた会いますとも！」――「明日ね」とロッテは戯れていった。——この「明日」は身に沁みた! ああ、彼女は私の手からその手を離したときも、それには気がつかないでいた。——二人は並木路を彼方へと歩いていった。私は立ったまま、月光の中のふたりの姿を見送った。そして地に身を投げて、心ゆくばかりに泣いた。それから跳《は》ね起きて、テラスの上に走り出た。すると、まだむこうの下手《しもて》の高い菩提樹の陰に、ロッテの白い服がちらちらと光って、庭園の出口の方に歩いてゆくのが見えた。私は腕をさしのべた。が、姿は消えてしまった。

第二巻

一七七一年　十月二十日

昨日当地に着いた。公使は微恙《びよう》のため二三日ひきこもるだろう。この人さえもうすこし親切ならば、何もいうことはないのだが。分ったよ、よく分ったが、運命は私に苛酷な試煉を課すつもりなのだ。勇気を！　気持を軽くもてばなにごとにも堪えられる！　気持を軽く、か！　こういう言葉が私のペンから出てくるとは、笑わされるね。おお、この体内にもうすこし軽い血さえ流れていれば、私は太陽の下でいちばん幸福な人間なのだがね。やれやれ！　ほかの連中がわずかばかりの力量と才能をもって、いと快適に得々とわが面前を闊歩しているのに、この私が自分の力量と天分に絶望しているのか？　それを私にみなお恵みくださった親切な神さま、あなたはなぜその半分をとっておいて、その代りに自信と自足をあたえてはくださいませんでした！

忍耐しろ！　忍耐を！　そのうちにもっとよくなるだろう。まったく君のいうとおりだったよ。毎日世間の人間のあいだを追いまわされて、かれらがすること、またそのする仕方を見るようになって以来、私は前よりずっと自分と仲がよくなった。たしかに、われわれは何事をも自分と比較し、自分を何事とも比較するようにできているのだから、幸とか不幸とかは、けっきょくはわわれわれが自分を対比する対象次第のわけだ。だから、孤独ほど危険なものはない。われわれの想像力は、もともと高きを求めるものであるのに、さらに文学の空想的な幻影に煽られて、しらずしらずに存在の一系列をつくりあげてしまう。そして、自分はその最下位にいるが、自分以外のものはもっとすぐれている、他人は誰でもずっと完全だ、と思いこむ。これは自然の傾向だ。われわれは、自分に多くのものが欠けていることをしきりに感ずるし、自分に欠けているものは他人が持っているような気がするものだ。それればかりではない、自分のもっているものを全部他人に贈物にして、おまけに一種のこころよい理想化までする。このようにして、幸福なる人間像ができあがるが、それはわれわれ自身が描きだした架空の幻にすぎない。

これに反して、もしわれわれが微力ながらも、また労役にくるしみながらも、ただひたむきの働きをつづけてゆけば、われらはおのずと知ることができる。このはかどらぬ舟足すら、帆をあげ橈をあやつる他人よりも遠くを行くことを。さらに、かくて他人と歩度を合せひいては一歩先んずるとき、そこにまことの自己感情が生れることを。

十一月二十六日

とにかくここでなんとか生活してゆけそうだ。なにより有難いのは、仕事がたくさんあるということ。それから、さまざまの人間さまざまの新しい姿が、私の魂の前で彩《あや》ある芝居を演じてくれること。C……伯爵を知った。日毎に尊敬の念を増さずにはいられない人物だ。博大な頭脳の持主で、視野はひろいけれどもそのために冷たいというところはなく、接するにつれて友情や愛情への感受性がかがやいてくる。この人が依頼をうけた仕事を私が果したことがあったが、それ以来私に関心をもつようになって、最初の一言を交したときにもう、われわれは互いに理解できるし、私とならほかの誰よりも話ができるということを、さとったらしい。私にすっかり打ちとけてくれるが、その態度はいかに賞讃しても足らないくらいだ。何があたたかいよろこびをあたえるといって、偉大な魂が胸襟《きょうきん》をひらくさまを見るほどのものはほかにはない。

十二月二十四日

そうだろうと思ってはいたが、公使には悩まされる。考えうるかぎりの官僚主義の阿呆だね。うるさくてめんどうくさくて、まあ小姑だ。みずから足《た》ろうということをしらず、だから誰が何をしてやっても有難いと思わせることはできぬ。私は事務をさっさと片づけるのが好きだし、してしまった仕事はしてしまった仕事だ。すると奴《やっこ》さんは文案をつっかえしてきて、こういう。「なるほど。これで結構ではあるが、まあもう一度目を通してくれたまえ。もうすこし適当な言葉、剴切《がいせつ》な不変詞がありはせんですかね」——何をいっていやがる。なにしろ、「ト」ひとつ、接続詞ひとつ、ぬけていてもいけないのだ。ついうっかりして癖になっている倒置法をつかおうものなら、一つ一つ目の敵《かたき》だ。お役所流の節をつけて歌いながしてないと、複合文章なんかてんで何が書いてあるか分らないらしい。こういう人間を相手にするのは災難だ。

ただフォン・C……伯爵の信頼だけが、私の心の傷手を医《いや》してくれる。最近に伯爵は私にむかってきわめて率直に、公使の慢々的《マンマンデー》と石橋主義には不満だと打ちあけた。「こういう人は自分にも他人にも事をむつかしくするのです。しかし」と彼はいった、「これも我慢しなくてはなりますまい。山を越さなくてはならない旅人のようなものです。もちろん山がなければ道はずっと楽だし、近くもなる。けれども、現に山があるのだから、どうも越さないわけにはゆかない」――

伯爵が公使よりも私に好意をよせていることを感づいて、それが癇《かん》にさわるので、老人は折りあるごとに私にむかって伯爵に難をつける。私はもちろん反撥する。それで事態は悪化するばかりである。昨日は私のことまで当てこすったので、私もむっとした。「あの伯爵は世俗の仕事もちゃんとできる方ですな。事務はさっさと片づけるし、筆もよくたつ。だがなんといっても美文家で、ごたぶんにもれずに基礎的な素養のほうがどうも。」こういいながら、あたかも「どうだ痛いだろう」とでもいいたげな顔つきをした。しかし、私はひるみはしなかった。こんな考え方をし、こういう態度をとれる人間を軽蔑した。そして、たじろがずに、かなりはげしく渡りあった。「性格からいっても知識からいっても、伯爵は敬意を禁じえない方です」と私はいった、「自分の精神をひろめて、それを一切の事物に及ぼし、しかも世俗生活のためにもあのような精神活動を保ちつづけていられる。それがあれほど立派にできている人をまだ見たことはありません。」――こういってみたところで、あの脳髄にとっては、まるで遠いスペインの村の話をしているみたいなものだった。それで私は、もうこのうえ愚論をつづけて、苦《にが》い胆汁を呑むのもいやだったから、失礼して帰った。

これというのもみな君たちが悪いのだよ。しきりに活動活動と謳歌して、喧々囂々《けんけんこうこう》とやったあげくに、私に軛《くびき》をかけてしまったんだね。やれやれ活動か！　馬鈴薯を植えたり、馬にのって町へ穀物を売りに行ったりする者の方が、私よりはるかにましなことをしているよ。そう思うのでなかったら、私だって、いまつながれているこの奴隷船の上で、このさきなお十年くらいは苦役をつづけておめにかける。

　この町でたがいに睨《にら》みあっている不潔な奴ら、その退屈、光りかがやくその惨状！　かれらのあいだの位階欲は、ただの一歩でも先んじようと、瞬時も目をはなたずにねめまわす。そのあさましい欲念は一糸をまとわぬ丸裸だ。たとえば、ここにひとりの女がいるが、誰をつかまえても自分の門閥と土地を自慢する。それで知らない人はつい思ってしまう、おろかな女だ、わずかばかりの家柄と土地の評判がそれほど大したものでもあるまいし、と。——ところが、事実はもっとはるかにひどいので、この女はほかでもない、つい近在の役場の書記の娘なのだ。——いやはや、これほども頭がなくてこんな低劣な破廉恥をやらかすのだから、こういう人種は理解にくるしむね。

　いかにも私も、友よ、自分の尺度で他人を測るのは愚かだということは、おいおいに分ってきているよ。しかも、自分は自分のことでいっぱいだ。胸にはあらしがふきまくっている。他人のことなど気にしている暇はない。ただ、その他人がこの私をそっとしておいてくれさえすればだよ。一番いらいらさせられるのは、例の絶望的なお上品な階級のおつきあいだ。身分の差別というものが必要なことや、私自身もそれで利益をえていることは、人並みには知っている。ただ、これのために邪魔されて、私がこの地上でわずかばかりのよろこびやかすかな幸福の光をたのしむことができないのは、閉口だ。ちかごろ私は散歩の途上で、フォン・B……嬢なるひとと知りあった。愛すべき女性で、堅くるしい生活はしていながらもゆたかな人間味は失わないでいる。話をしているうちに気もうちとけて、別れしなに、一度訪問させていただきたいとたのんだ。なんのこだわりもなく承知してくれたので、作法にかなった時刻となるのを待ちかねて、そのひとの家に行った。彼女はこの町の生れではなく、おばさんの家に住んでいた。老婦人の人相には反撥を感じるものがあったが、私は多大の敬意を表して、話をひたすらこの人にむけた。そして、半時間もたたないうちにおよその事情が分ったが、それは後でお嬢さんが打ちあけてくれたとおりだった。このおばさんは晩年に及んでまことに轗軻《かんか》不遇《ふぐう》である。なにもかも足らぬものばかり、しかるべき財産もなく、智慧もなく、身寄りもない。あるものとてはただ連綿たる御先祖ばかり。身分を唯一の防砦《ぼうさい》としてその中に柵をかまえて立てこもり、楽しみといっては、ただ階上から下を行く巷《ちまた》の人の頭を眺めているだけである。若いころには美人だったそうで、ついおもしろおかしく遊び暮らし、はじめは我儘《わがまま》むら気から若い男を幾人もくるしめたが、盛りも過ぎては気も折れて、ついに年よりの士官を尻にしくことにした。この士官はその礼にかなりな生活費をだして、青銅(四十)時代をこの女とくらして、亡くなった。いまはこの婦人も鉄(五十)時代で、ひとりぼっちだが、もしも姪がこれほど感じがよくなかったら、誰も見むきはしないだろう。

一七七二年一月八日

なんたる連中だ！　全心全霊ただ儀礼にのみ汲々として、あけてもくれても食卓で一つでも上席にわりこむことばかり念じている！　それも、ほかにすることがないわけではない。ないどころか、くだらないいざこざのために大切なことの処理ができないでいるものだから、仕事は山積している。先週は橇《そり》遊びのときに悶着がおこって、せっかくの楽しみも台無しになってしまった。愚劣な奴らだ！　席次なんて大したものではないし、第一席を占めている人間が第一等の役割りを演じていることはめったにないものだ、ということが分らないのだ。多くの王が大臣によって支配され、多くの大臣が秘書官によって左右されているではないか。こうした場合に、第一位の人間とは誰のことだろう？　思うに、それは、ほかのひとびとよりも先が見えて、自分の計画を遂行するために他人の力と情熱をふるいたたせるだけの、手腕ないしは機略をもっている人間のことだ。

一月二十日

はげしい吹雪を避けて、このささやかな農家に逃げこみましたが、愛するロッテよ、この一室にいて、あなたに手紙を書かずにはいられなくなりました。あのわびしい人間の巣D……の町で、自分の心にふれるものとてはない他人のあいだに交《まじ》っているときには、あなたにお便りをする気になれるような時はありませんでした。それだのに、今、この茅舎、この寂寥、この雪と霰《あられ》が狂おしく窓に吹きつけている中にたれこめて、何よりも念裏に浮ぶのはあなたのことです。この部屋に足を踏みいれるやいなや、あなたの姿、あなたの想い出が、私に襲いかかってきました。おお、ロッテ！　きよらかに、あたたかく！　ああ、あの最初の幸福な瞬間がふたたびよみがえってまいりました。

放心の波のまにまに沈湎《ちんめん》している私の姿を、なつかしいひとよ、もしあなたが見たら！　私の感覚は乾きはて、胸のみちあふれるただの一刹那とてもなく、浄福のひとときもないのです！　空虚！　空虚！　さながら覗き眼鏡の前に立って、その奥に小さな人間や馬が動きまわっているのを眺めながら、いま目に映っているのは錯覚ではないのだろうかと、幾度も自問をしているかのようです。自分もその中にまじって一緒に芝居をします。というよりも、操り人形のように芝居をさせられているのです。そして、ときどき隣人の木製の手をつかんでは、ぞっとして後にしざります。前の晩には、朝になったら日の出を見よう、と決心します。しかも、そのときになると寝床から出ない。昼には、夜は月の光を浴びよう、とねがいます。しかも、そのときには部屋にこもったきりです。なんのために起きるのか、なんのために寝るのか、自分でもわかりません。

私の生命を躍動させていた酵母がなくなってしまったのです。更《ふ》けた夜にも私を緊張させ、朝には眠りから呼びさましてくれた刺激が、どこかに失《う》せてしまったのです。

ここでただ一人の女性をみいだしました。フォン・B……嬢というひとで、愛するロッテよ、あなたに似ています、――もし誰でも人があなたに似ることができるとすれば。といえば、あなたはおっしゃるでしょう、「まあ！　上手なお世辞をおっしゃること」それもまんざら見当ちがいではありません。ちかごろ私はやむをえずしてなかなか愛想がよくなり、機智もゆたかです。御婦人方の説によると、私ほど人を褒めることが(それから嘘をつくことが、とつけ加えてください。これなしにやってゆけるものではありません。ちがいますか？)上手な者はいないそうです。B……嬢の話をしかけていたのでしたね。このひとはゆたかな魂の持主で、それが青い瞳からいっぱいに輝きでています。このひとにとっては身分などはかえって重荷なので、それは心の願いの一つをも充たしてくれるものではないのです。わずらわしい環境から脱れたがっていて、われわれはよく二人で、けがれない幸福にみちた田園の風景に想いふけって、幾時間もすごします。ああ、それからあなたのことも！　この人はよくあなたを敬わずにはいられない気持になります。いられないというよりも、よろこんでそうするのです。あなたのことをしきりに聞きたがり、あなたを愛しています。——

おお、あのなつかしい部屋で、あなたの足下に坐っていたい。われわれの可愛い子供たちをみな一緒に身のまわりに転げまわらしたい。そして、あまり騒がしくてあなたの邪魔になるようだったら、かれらをまわりに集めて、こわいお伽話を一つやってしんとならせてしまいたい。

雪にかがやいている風景の彼方《かなた》に、太陽が厳《おごそ》かに沈んでゆきます。あらしはすぎてしまいました。そして、私は——またこの檻の中に身を閉じこめます。さようなら！　アルベルトはあなたの傍にいますか？　そして、どんな様子ですか？　——神よ、この問いをゆるしたまえ！

二月八日

一週間このかた惨澹《さんたん》たる天候がつづいているが、私はこれがかえってありがたい。なぜかというと、ここに来てからというものは、空がかがやくうつくしい日には、きまって誰かがあらわれて、めちゃくちゃにしたり不愉快にするからだ。だから、雨だったり、吹雪だったり、霜だったり、雪解けだったりすると——、「たすかった！」と私は思うね、「これなら家にいたって、外にいるより悪いことはあるまい。逆もまた同じことだ。いずれにしても結構だ。」朝あけて太陽が昇って晴天を告げると、私は叫びださずにはいられない。「やれやれ、また天の賚《たまもの》がくだってきて、それを人間どもが奪いあうのか。」どんなものでも奴らはたがいに台無しにしてしまう。健康でも、美名でも、楽しみでも、休息でも！　しかもそれがたいていは、愚昧、無智、狭量からなのだ。そして、そのいうことをきいてみると、みなこの上なき善意をもってしているのだ！ときどき私は奴らの前にひれ伏しておねがい申したくなるね、――どうかそんなに狂乱して自分のはらわたをかきむしるのはやめてくださいまし、と。

二月十七日

公使と私とはもうこれ以上ながくは相容《い》れてゆけそうにもない。この人物にはなんとしても我慢ができぬ。その仕事のしぶりや事務のとり方は笑うにたえぬもので、思わず抗言せずにはいられなくなり、ときどきは自分の判断と流儀にしたがって処理してしまう。すると、当然のことながら、これが彼の気には入らない。こんなところから、彼はさきごろ私のことを宮廷に訴えた。それで、私は大臣から譴責《けんせき》をうけた。非常に穏かなものではあったが、なんといっても譴責は譴責だ。私は退職を願いでようとしかけた。そのとき、私は大臣から私信(原注)をもらった。この手紙の前に私はぬかずいて、その高邁《こうまい》でけだかく思慮ぶかい気持の前に手を合せてしまった。大臣は私の過敏な神経質をいましめたが、それでも活動とか、他人への影響とか、仕事への傾倒とかについて、私が抱いている観念は、たとえ矯激《きょうげき》なきらいはあってもなお嘉《よみ》すべき青年の気魄《きはく》である

とし て敬意を表してくれた。そして、これをいつまでも失《な》くすことがないよう、ただそれをやわらげて、あるべき形にはたらかせて、有効な成果を収めうるように導こう、とはかってくれた。それから一週間ほどは、私もはげましをうけて気持が統一した。魂の平安ということは貴いもので、それ自体がよろこびだ。ただ、友よ、この宝石がかくも美しく貴くありながら、かくも脆《もろ》いものであるのをいかにしよう。

原注　このすぐれた人物に敬意を表して、この手紙と、もう一つ別の後に言及する手紙とは、割愛することにしました。たとえ読者がいかに感謝せられるとしても、なおこれをあえて掲載する罪を解くには足らぬと考えられるからです。

二月二十日

神の祝福がおんみら二人にあらんことを。愛するひとたちよ、私にはめぐまれざりしよき日のすべてを、神がおんみら二人にはめぐみたまわんことを！

私をだましてくれたことを、アルベルト、君にお礼をいう。お二人の婚礼の日がいつだろうかと、私は報《しら》せを待っていた。そしてその日には、ロッテの影絵をうやうやしく壁からとりおろして、ほかの反古《ほご》屑のなかに埋めてしまうつもりだった。それだのに、もはやあなたがたは夫と妻、そしてロッテの絵姿はまだここにかかっている。もう今となってはこのままにしておこう！　いけないというわけもなかろうから！　何があろうとも、私もあなたがたの傍にいるのだ。君には迷惑をかけないで、ロッテの心の中にいるのだ。そこで、たしかにそこで、第二の席を占めているのだ。これだけは占めていたいし、占めずにはいられない。ああ、もしあのひとに忘れられるようなことがあったら、私は狂うだろう。――アルベルト、この考えのなかには地獄がある。アルベルトよ、ごきげんよう！　天国の使わし者よ、ごきげんよう！　ロッテよ、ごきげんよう！

三月十五日

じつに不愉快な目にあったから、私はここを出てゆくつもりだ。私は歯がみをする。悪魔め！もうとりかえしはつかない。これというのもみな君たちのせいだ。君たちは私をけしかけ駆りたて責めたてて、性分に合わない地位につかせた。これで私も分ったが、これで君たちも分ったろう！　またまた、一切の破局の因はおまえの矯激なる観念にある、などといわれるかもしれないから、ここに大兄にむかって一つの物語をしてさしあげる。平明にして簡素なること、まさに年代記に記すがごとしだ。

フォン・C……伯爵は私を愛してくれるし、引きたててくれる。これは世間でも知っているし、これまでも君にはたびたび話した。昨日、私は伯爵邸に食事によばれた。たまたまこの日の夜は、紳士淑女の上流社交会が伯爵邸に集ることになっていた。私はそれを知らなかったし、ことにそれがわれわれ属僚風情《ふぜい》が入りこめるような席ではないということなどは、夢にも思い及ばなかった。ともかく、私は伯爵邸で食事をして、食後には大広間のなかを行ったり来たりしながら、伯爵と話をしたり、たまたま来ていたB……大佐と話をしたりしていた。そうこうしているうちに夜会の時刻が迫ってきた。神ぞ知る、私は何があるのかさっぱり気がつかないでいた。そこへ、やんごとなきフォン・S夫人が、その夫君、ならびにみごとに孵化《ふか》した鵞鳥《がちょう》娘、ひらべったい胸とほっそりしたコルセットの腰をした令嬢と御同伴で、入場してきた。かれらは行きずりに、先祖伝来の高慢ちきな眼つきをして鼻の孔をふくらませてみせた。私はこうした人種には心から反感をもつので、退去しようと思い、伯爵がくだらないお喋《しゃべ》りから釈放されるのを待っていた。ちょうどそのときに、例のB……嬢があらわれた。このひとに会うといつもいくらか気がはれるので、私はもうすこしいることにして、彼女の椅子の後に立った。そして、しばらくたって気がついたのだったが、彼女は私と話しながらも、その調子がいつもほどにはうちとけず、なんだかいくぶん当惑しているような様子だった。これは意外だった。「このひとも他の連中とおなじことなのか」と思うと抉《えぐ》られるような気がして、立ち去ろうと思った。しかしそれでもなお留《とど》っていた。というのは思いちがいなら直したかったし、彼女だけはそんなことはないと思いこみたかったし、できたら気持のいい言葉をいってほしかったし、そのほか――なんとでも思ってくれたまえ。そのあいだにも、客間は客で充ちてきた。フランツ一世戴冠式の衣裳をみな着こんだF……男爵、ここでは職制の上からフォン・R……氏とよばれている宮中顧問官R……*とその聾《つんぼ》の夫人、等、等。みっともないいでたちのJ……も逸すべからざる代物《しろもの》だが、この人は古代フランクの衣裳のほころびを最新流行のぼろでつづくっている。こうしたお歴歴がぞくぞくと御入来で、私は幾人かの顔見知りと言葉を交わしたが、どの人もみな返事の言葉数が非常にすくなかった。私はどうしたことかと考えて――ただB……嬢のみに気をとられていた。そして、すこしも気がつかないでいたが、広間の隅の方で女たちが耳から耳へとひそひそ呟《ささや》きあい、それが男たちにも伝わって、やがてフォン・S夫人が伯爵にかけあった。(これはみな後になってB……嬢が話してくれたことだ。)とうとう伯爵が私の方に歩みよってきて、私を窓の出張りにひき入れていった。――「御承知のことでもあるが」と彼はいった、「われわれ階級の風習にはおどろくべきものがあってね、君がここにいるのが、どうもお客様方にはうれしくないらしいのだ。わし自身は断じて――。」「閣下」と私は口をはさんだ、「重々申しわけがございません。ついうっかりして気がつきませんでした。この不始末も閣下はおゆるしくださいますでしょう。さきほどからもう失礼しようと思いながら、つい妙な魔物にひきとめられたような具合でおりました。」私は微笑しながらこうつけ加えて、礼をした。――伯爵はある感慨をこめて私の手を握りしめたが、それはすべてを語るものだった。私はこの尊貴なる社交の席からそっと抜けだし、立ち去って、一頭立ての軽馬車にのって、M……に行った。そして、そこの丘から日没をながめつつ、愛するホーマーをひらいて、オデッセイが善良な豚飼い人から饗応される、あのすばらしい歌章を読んだ。どれもみなたのしかった。

夕方になって、帰って食卓についた。食堂にはまだ幾人か残っていて、その人たちは隅の方でテーブルクロスをめくって骰子《さいころ》をころがしていた。そこに、あの正直者のアーデリンが入ってきた。彼は帽子を置きながら私を見ていたが、そばにやってきて、低い声でいった。「いやな思いをしたそうだね?」――「私が?」と私はいった。――「伯爵が君を夜会から追いだしたというじゃないか」――「夜会なんか悪魔にさらわれろ! 表へ出たらせいせいしたよ」――「君がそう気にかけないでいるなら結構だ。だがどうも癪《しゃく》にさわるな。もうどこでも評判だ」こういわれて、はじめてこの事件が私の心中でうずまきはじめた。「ここに食事にきて、こちらをじろじろ見ていた奴らは、みなそのために見ていたのだ！」そう思うと、血が湧いた。

今日になると、どこに顔をだしても気の毒がられる。私を嫉《ねた》んでいる奴らが凱歌《がいか》をあげている。そしていっている――それみろ、すこしばかり頭がいいからと思いあがって、世の中のすべてのきまりを飛びこせると考えた増上慢は、いつかはこういう目にあうのだ。そのほかさまざまのもっとひどい雑言が聞える。――これでは自分の心臓に匕首《あいくち》をつき立てたくなる。いかに自信とか矜持《きょうじ》とかいってみたところで、卑劣漢どもが自分の有利な立場を利用して、あれやこれやと言いちらすとき、それに堪えうる人間がいるものか。ただその誹謗にまったくの根拠がなければ、ああ、そのときなら、ききながしていることもできようが。

三月十六日

いらいらすることばかりだ。今日並木路でB……嬢にであった。話しかけずにはいられなかったし、連れの人たちからすこし離れるやいなや、すぐに彼女の先日の態度について自分が感情を損ねていることを知らせてしまった。――「まあ、ウェルテル」と彼女は思いをこめた調子でいった、「わたくしの気持は御存じのはずですのに、あのときわたくしがとまどいしていたのを、そういうふうにおとりになりましたの？　広間に足をふみ入れたそのときから、あなたのためにどれだけ心を悩ましたでしょう！　きっとああいうことになると思いましたので、あなたに申しあげようと、幾度口に出しかけたかしれません。わたくしには分っていました。フォン・S夫人や

T夫人、それからあの旦那様がたは、あなたと同席するくらいなら出て行ったでしょう。また分っていました、伯爵としてはこの人々と気まずくなっては困るのです。——それで、とうとうあんな騒ぎになりました。」——「なんですって、お嬢さん？」と私はいって、驚愕《きょうがく》をおしかくした。一昨日アーデリンがいったことが、このとき煮湯《にえゆ》のように血管の中をめぐったからだ。——「わたくしもどんなにつらい思いをしたことでしょう」とやさしいこのひとはいって、目に涙をたたえた。——私はもう自分を抑えきれなくて、すんでにあのひとの足下に跪《ひざまず》くところだった。「それはどうしてなのです！」と私は叫んだ。——彼女の頰には涙がながれおちた。私はわれを忘れた。彼女は涙をかくそうともせずに拭った。——「わたくしの伯母をごぞんじでいらっしゃいますね」と彼女は話しはじめた。「あの伯母もあの場にいあわせました。まあ、なんという目つきで見ていたことでしょう！　ウェルテル、昨夜もきかされましたが、今日も朝からあなたとの交際についてのお説教でした。あなたが卑しめられ辱しめられるのをただ黙ってきいているだけで、弁護することなどは思う半分もできませんでした。ゆるされませんでした」

彼女が語る言葉のひとつひとつが、剣のように私の胸を貫いた。そんなことを黙っていてくれたら、どれほど慈悲だか分らないのに、彼女はそれには気がつかなかった。おまけにつぎのようなことまで言いそえた。これからさきは、しかじかの噂がひろまるだろう。きっとこういう種類の人間が凱歌をあげるだろう。私が傲慢で他人を見くだすとてずっと前から非難の声はあったのだが、いよいよそれに天罰が下ったので、人々はくすくす笑ってうれしがるだろう。ウィルヘルムよ、こうしたことを心からの同情をこめた声できかされた。——私はうちのめされた。胸の中がまだ荒れくるっている。こういうことを誰かが私にむかって面罵《めんば》してくれればいいが。そうすれば、その男の側腹《わきばら》に短刀を突きさしてやる。血を見たら気もしずまるだろう。ああ、私は幾度となく手に匕首《あいくち》を握った。そして、この息ぐるしい胸に風を入れようとした。なんでも優良な血統の馬があって、駆りたてられて激して苦しくなると、本能的に自分の血管を咬《か》みやぶって、呼吸を楽にする、という話をきいたことがある。ときどき私も自分の血管を開きたい。そして永遠の自由をかちえたい。

三月二十四日

宮廷に退職を願い出た。ねがわくは、ききとどけられんことを。まずあなた方にこの了解を求めなかったことはおゆるしください。ぜひともここを立去らなくてはならないし、留任をすすめるあなた方の言葉はみな分っている。それで、――このことを母にはよろしく修飾して伝えてください。自分の身の始末に窮している私だから、母の身をどうしてあげることができなくても、諦めてもらうほかはない。母はきっと悲しむだろう。枢密《すうみつ》顧問官や公使をめざしてふみだした息子の坦々《たんたん》たる大道が、こうして突然にたち切れてしまうのだから。馬はふたたび厩へ逆もどりなのだから！　まあ、いかようとも考えてくれたまえ。ああもあったら、こうもしたらと、いろいろな組合せをして、私が留任できるしまたすべきであるような場合を考えてみてもくれたまえ。ともかく、私はここを出てゆく。私の行く先が分るようにしておくためにいうが、ここに＊＊公爵なる人がいて、私との交際に興味をもっている。私の気持をきき知って、一緒に自分の

するつもりでいる。

いという約束だし、ある程度までは理解してもらえる相手だから、運にまかせて思いきって同行荘園に行ってくれ、そこで美しい春をすごしたい、と頼んできた。好きなようにしていてよろし

追伸

四月十九日

二通のお手紙ありがとう。ことによったら母が大臣に請願したりして、そのために計画に故障が入ってはと思って、宮廷から免官辞令がくるまで、同封の前の手紙を出さずにおいた。それで御返事もしないでしまった。しかし、もうすんだ。免官の辞令はでた。これをなかなかゆるしてくれようとはしなかったし、大臣が私に手紙で書いてくれたこともあるのだけれども、それはいわないことにしよう。——いうと、あなた方がきっとまた悲嘆をあらたにするからね。太子は餞別として二十五ドゥカーテンをおくられ、あわせてお言葉を賜わったが、それをきいていて涙がでた。それで、先日母に手紙で頼んだ金は、もうもらわなくてもよくなった。

五月五日

明日ここを出発する。路からわずか六哩《マイル》ほど入ったところに、私の誕生地があるので、一度おとずれて、幸福な夢をみて過したむかしの日々の想い出に耽《ふけ》りたいと思っている。あの城門を私は入ってゆこう。父の死後、母は私をつれてあの城門から馬車をのりだしたのだった。そして、

住みなれたなつかしい土地を去って、いまの堪えがたい町に閉じこもってしまったのだ。さようなら、ウィルヘルム、旅のことはまたお便りするから。

五月九日

さながら巡礼のもつ敬虔の念をもって、私は故郷へのお参りをすませた。そして、さまざまの思いがけない感慨に襲われた。この市の郊外の、S……にむかって十五分ほどのところに、大きな菩提樹《ぼだいじゅ》が立っている。そのほとりまで来たとき、私は車を停《と》めさせて降りて、駅馬車を先に行かせた。足で歩いて、ひとつひとつの追憶を、あたらしく、しみじみと、心ゆくまで味わいしめたかったからだ。私は菩提樹の下にたたずんだ。これこそは、むかしまだ少年であったころの、私の散歩の目標でもあり境界でもあった。なんという変りようだろう！　あのころは幸福な無智のままに未知の世界にあくがれ、そこにゆけば、わが心にとってのありあまる糧《かて》と楽しみがあるかと思い、この求めしたう胸も充ち足ろうかとねがっていた。いま私は広い世界から帰ってきた。が、――おお友よ、いかに多くの希望がはやその的を失い、いかに多くの企てが潰《つい》えさったことだろう！　――山脈はかなたに眉に薄《せま》ってつらなっているが、これこそは百千度も私の祈念の対象であった。かつては幾時間もここに坐って、かなたを見はるかし、やさしく煙ってたたずまう森や谷に魂は恍惚とした。定められた時刻になってふたたび家に帰らなくてはならぬときには、この場所をたち去るのが、なんとつらかったことだろう！　私は町に近づいた。目に慣れたむかしながらの園と家には心から呼びかけたが、あたらしい家はおぞましかった。加えられたすべての改修はいとわしかった。私は城門から町へと入った。するともう、まざまざと昔にかえる思いがした。友よ、あまり細かいことは記すまい。あれほども心をそそられたのに、いざそれを話すとなると平板なものになってしまう。広小路に行って、われわれのむかしの家の近くに宿をとるつもりでいた。途中で気がついたが、むかし律気な老婦人がわれわれの幼年時代をとじこめたあの学校の教室が、いまは小間物店に変っていた。思いだせば、この檻のなかで、ずいぶん不安な思いもし、涙もながし、五官はにぶり胸はしめつけられるような思いをしたものだった。――一歩ゆくごとに、気をひかれるものばかりだった。聖地をゆく巡礼とても、これほど多くの宗教的記念の場所にゆきあうことはないだろうし、その魂もよもやこれほどにきよい感動にみたされてはいまい。いまはかずかぎりないことのうちの、なおただ一つを。――私は川にそって下ってゆき、ある屋敷のところまできた。これもむかしは私の路だったし、ここはわれわれ少年たちが平たい石を投げてできるだけ遠くまで水を切る練習をしたところだった。思い出がいきいきと蘇ってきたが、私はよくじっと水の流れをながめて、あれやこれやの測りがたい予感にみちて、その行く方を追った。そのいや果ての国々がなんと奇異に思われたことだろう。そうしているうちにやがて空想の力は限界に達するのだったが、それでもなおやめることはできずに、空想ははてしなくひろがって、しまいには目にも見えない遠い土地の景観をまざまざと前に眺めて、茫然となってしまった。――そうではないだろうか、友よ、われらのいつくしき遠つ祖《おや》たちは、あれほども狭く、しかもなお幸福に生きていたのだった！　かれらの感情も、かれらの詩も、小児さながらである！　オデッセイが測りしれぬ大洋や果てしない土地について語る言葉は、真実で、人間的で、心肝《しんかん》からしみでて、狭く、そして深秘にみちている。いま、私が小学生にまけずに大地は円いと口まねができたところで、それがなんの役にたとう？　人間はその上に楽しむべくわずかの土塊《つちくれ》があれば足るし、その下に憩《いこ》うべくさらにわずかの土塊にて足りる。

いま私はこの公爵家の狩猟館に住んでいる。公爵とならば気持よく一緒に生活してゆける。この人は誠実で素朴だ。ただまわりに妙な人々がとりまいていて、私にはその正体が分らない。悪人ではなさそうだが、実直とはみえない。ときどきは正直らしくも思われるのだが、信用する気にはなれない。どうも遺憾《いかん》なのは、公爵がいうことには、ときどき、ただ彼が聞いたり読んだりしただけのことで、しかも他人に吹きこまれたらしい観点に立っての話が多いことだ。

公爵は私の知性と才能とを、私の心情よりも高く評価している。しかし、この心情こそは私が誇る唯一のものであり、力も、浄福も、悲惨も、すべてはこの泉から湧く。ああ、私が知っていることは何人《なんぴと》も知ることができる。――ただ、私の心は私だけのものだ。

五月二十五日

私はある考えを抱いていた。それを実行するまでは、あなた方にはうちあけないつもりだった。けれども、それが挫折してしまった今となっては、もうどうでもよい。実は、私は戦争に行こうと思って、この考えをひさしく心に秘めていた。公爵についてここに来たのもそのつもりがあったからだ。公爵は……勤務の将軍だ。散歩しながら、私は彼にこの意向をうちあけた。ところが、それはよしたまえ、と戒められた。もともと情熱というよりは気紛《まぐ》れにでたものだったから、彼のあげるさまざまな論拠には聴従しないわけにはいかなかった。

六月十一日

なんとでもいってくれたまえ、私はもうこれ以上ここにとどまってはいられない。ここにいてどうしたらいいのだ？　退屈だ。公爵からは考えられるかぎりの厚遇をうけてはいるが、しかし自分のいるべき所という気はしない。公爵と私とは根本においては相通ずるところがない。彼は悟性の人だ。しかも完全に平板な悟性の人だ。この人との接触はもう楽しくない。せいぜいよく書けた書物を読むくらいの興味しかない。あと一週間ここにいて、それからはふたたびあてどない放浪をはじめるつもりだ。スケッチをしたのがここでした一番いいことだった。公爵は芸術に対する感覚はもっているが、つまらない衒学と因襲的な術語のためにとらわれていて、ほんとうに感ずることができないでいる。せっかくこちらが熱い空想力をもって自然と芸術の中をあちこちと案内しても、型にはまった芸術用語をもちだして、それですっかりわりきったつもりでいられると、ときどき歯ぎしりをしたくなる。

六月十六日

げにも私は一人のさすらいびとだ。この地上の巡礼だ！　しかし、あなた方とてそれ以上の何者であろうか？

六月十八日

どこへ行く？　それを内証でうちあけよう。なお二週間ほどはここにいなくてはならないが、それからは……地方の鉱山を訪ねてみるつもり――というのはみずからを欺く口実で、そんなことはどうでもよい。ただもういちどロッテの近くに行きたい。これがすべてだ。私は自分の心を笑う、――そして、そのいうことをきく。

六月二十九日

否《いな》、いいはずだ！　断じて、いいはずだ！　――私が――あのひとの夫！　おお、われを造りたまいし神よ、もしもこの幸《さち》をめぐみたまわば、私は生くる日のかぎり、祈りを絶たないでありましょう。我意をたててあらがうのではありません。ただ、この涙をゆるしたまえ、この空しき願いをゆるしたまえ！　――あのひとが私の妻！　太陽の下《もと》にもっとも愛するあのひとを、この腕の中にかき抱くことができたら――。アルベルトがあのなよやかな体を抱くとき、ウィルヘルムよ、私の全身に戦慄が走りすぎる。

いっていいことだろうか？　わるいわけはあるまい、ウィルヘルムよ。あのひとは私と共にある方が、彼と共にあるよりも、かならず幸福だ！　おお、彼はあのひとの心のねがいをすべて充たす人間ではない。ある感受性の欠如。欠如――、これはどのようにでも解釈してくれたまえ。彼の心臓は共感をもって鳴ることがない。たとえば――おお！　――好きな書物を読んで、私の心とロッテの心とが一つになって触れあうようなところでも。あるいはまた、さまざまのふとした場合に、誰か第三者の行為について二人の気持がつい口に出るような場合でも。ウィルヘルム！　いうまでもなく、アルベルトはロッテを心から愛している。あれほどの愛ならどんな酬いをうけても当然だけれども！——

ありがたくない客がきて邪魔をした。涙は乾いた。気も散った。さようなら。

八月四日

くるしいのは私だけではない。すべての人間は希望に欺かれ、期待を裏切られる。私はあの菩《ぼ》提樹《だいじゅ》の下の善良なおかみさんを訪ねた。上の男の子が駈《か》けだしてきて私をむかえた。その歓声にひかれて母親もでてきた。しかし、ひどく沈んだ様子だった。そして最初に発した言葉は、「旦那様、うちのハンスが死にました！」というのだった。——これはいちばん末の男の子だ。——私は声をのんだ。——「それに、主人も」とおかみさんはいった、「スイスから帰ってはまいりましたものの、まったくの空手でございました。ひとさまのお情けにすがりませんでしたら、乞食をして来なければなりませんでした。途中で熱病をわずらいまして。」私はいう言葉もなく、子供にいくらかくれてやった。母親がいくつかの林檎《りんご》をというので、私はそれをもらって、この悲しい思い出の場所を去った。

八月二十一日

掌を翻すように、私の気持も変ることがある。そして、ときおりは人生のあかるい展望がふたてあったことがある。それもああ！　わずか一瞬のことだが！　――夢想にふけってあてどなくさまよいながら、抑《おさ》えることができずについ考えてしまう、――もしアルベルトが死んだら！　おそらくおまえが！　そうだ、きっとあのひとは……！　それから私はこの幻を追いつづける。やがてついに断崖の上に行きついて、身ぶるいして、後しざりする。

町の城門を出てゆく。ロッテを舞踏会へと誘うためにはじめて馬車で行った道だ。思えば、あのときは何とちがっていたことだろう！　なにもかも過ぎてしまった！　むかしの俤《おもかげ》の一ひらも、あのころのわが感情の鼓動も、いまはいずくに求めるよしもない。私は廃墟にさまよう亡霊に似ている。かつて栄華におごる領主として城を築き、綺羅《きら》をつくして飾りたて、死にあたって、愛する嗣子にのぞみを托して遺しはしたが、その城は炎上して灰燼《かいじん》に帰してしまった。

九月三日

ときどき不可解な気がする。私がこれほどにもただあのひとだけを、これほどにも熱く、これほどにも胸いっぱいに愛して、あのひとのほかには何も知らず、何も解せず、何も持ってはいないのに、どうしてほかの男があのひとを愛することができるのだろう？　愛することがゆるされるのだろう？

九月四日

そういうものなのだね。自然が傾いて秋となると、私のこころも身のまわりも秋の色に染まってきた。私の葉は黄ばみ、近くの樹々の葉もはや落ちつつある。私がここに着いてまもなくのころ、ある農家の下僕のことを書いたことがあったね？　私はまたヴァールハイムで彼のことを訊《たず》ねてみた。しかし、雇い主から追いだされたそうだというだけで、それから先のことは誰にきいても知らないふうをする。ところが、昨日私は偶然にも、別の村にゆく往来で彼に行きあった。声をかけて話しているうちに、彼の身の上話となったが、それをきいてたいへん心をうたれた。くりかえして話してあげれば、君もすぐに了解してくれるにちがいない。といって、いまさらそんなことをして何になる？　私が怯《おび》え悩むものを、なぜ自分の胸におさめておかないのだ？　なぜ君まで煩わすのだ？　なんだって、いつもいつも、私を憐れんだり叱ったりする機会を君に提供するのだ？　まあ、それでもいいよ。これも私の宿業《しゅくごう》なのだろう！

はじめこの下僕は、しずかな憂愁の様子で私の問いに答えていた。いくらかは怯《お》じているようでもあった。が、そのうちに、あたかも突然われにかえって、目の前に私がいるのにはじめて気がついたかのように、ずっと率直に自分の過ちをうちあけて、その身の不幸を訴えた。友よ、彼の言葉の一つ一つを、君の法廷にもちだせたら、と思うね！　彼は告白した。というよりも、回想が生むあのたのしみとよろこびに酔って、物語りをした。女主人への情熱は日ましに募るばかりで、しまいには自分が何をしているのか、彼の言葉をかりればどこへ頭をむけたらいいのか、分らなくなってしまった。食べることも、飲むことも、眠ることもできなくなった。咽《のど》がしめつけられるようで、してはならないことをし、いいつけられたことを忘れた。さながら悪霊にでも憑《つ》かれたような様子になって、ついにある日のこと、女主人が上の部屋にいるのを知って、後から上っていった。というより、ひきよせられていった。いくら哀願しても耳もかしてもらえなかったから、とうとう暴力でもってわがものにしようとした。どうしてあんなことをしてしまったのか、自分にも分らない。神様が証人だが、主人に懸けた自分の想いはどこまでもまじめなものだった。ただ結婚して一緒に生涯を送ってもらうことばかりを熱望していたのだった。しばらくこのように話しているうちに、彼は口ごもりはじめた、まだ何かいいたいことがありながら、思いきっていいだせないらしかった。そして、とうとうおずおずと打明けたが、かねてから女主人は彼にはちょっとした狎《な》れ狎れしい振舞はゆるしていたし、ずいぶんそばにより添っても、いけないとはいわなかった。これをいいながらも、彼は二度三度は口をとぎらせ、これは決して主人を悪者にする(という言葉でいったが)ためにいうのではありません、自分は彼女を前どおり愛して尊敬しています、と一生懸命に弁明した。こんなことはまだ誰にもいったことはありませんけれども、あなたにだけは自分がまったくの痴漢ではないことを信じていただきたいものですから、というのだった。——さて、ここで、よき友よ、またも私は永遠に倦《う》むことをしらぬ古き歌をうたうのだが、君の前にこの男を立たしてみたい。彼が私の前に立っていた姿で、いまでもなお立っている姿で! 君になにもかもつぶさに語らせることができたら! そうしたら、どれほど私が彼の運命に共感し、せざるを得ないかを、君に感じてもらうこともできよう。しかし、もうやめよう。君は私の運命をも私という人間をも知っているのだから、何が私をすべての不幸な人間に、ことにこの不幸な人間に牽《ひ》きつけるかは、分りすぎるくらいだ。

この手紙を読みかえして、物語の結末を落していることに気がついた。それはお察しのとおりのことだ。女は抵抗した。そこに彼女の弟が来た。この男は前から下僕をきらっていて、家から出したいと思っていた。それというのも、もし姉があらたに結婚すれば、自分の子供に遺産がこなくなる、いまは姉には子供がないからすばらしい希望もあるのだが、というわけなのだ。この男は下僕をたちどころに追い出してしまい、事を大げさに触れてまわったので、いまとなっては、女主人はたとえその気があったにしてももう彼を家に入れるわけにはゆかない。女主人は目下は別の下僕をおいているが、この男のことでも弟と仲たがいをしてしまったとやら。噂では、女主人とこの後の下僕と結婚することはどうやら確からしいが、――「そうなったらもうどうあっても生きてはいない決心をしています」

ここにしるしたことには誇張はない。なんの文《あや》もまじえてはない。むしろ、抑えに抑えて書いたといっていい。それでも、ついわれわれの因習道徳の単語をつかってのべたてて、ひどく疎笨《そほん》な話にしてしまった。

この愛、この誓い、この情炎は、小説的な作りものではない。これはわれわれが無教育だとか粗野だとかよぶ階級の人々のあいだに、いまも至純な形で生きている。存在している。われら教養人とは――愚劣にまで教養された人間にすぎない！　おねがいだから、この物語を敬虔な気持で読んでくれたまえ。今日はこれを書いて、私の気持は澄んでいる。筆蹟を見ても、いつものように湧きかえり燃えあがってはいないことが分るだろう。読んでくれたまえ、友よ、そして考えてくれたまえ。これがまた君の友の身の上でもあることを。まことに、私はこれまでこのとおりだった。これからもこのとおりであろう。しかも私は、この不幸な男の半分の気象も、半分の決断ももってはいない。くらべるさえ面はゆい。

九月五日

アルベルトは仕事のために田舎に滞在している。ロッテが夫君にあてて手紙を書いた。こういう書き出しだった、「なつかしい愛するあなた、すこしも早くおめにかかりたく、思うもうれしく待ちこがれております。」――そこへ知人が来て、アルベルトは差支えのためにそうすぐには帰らない、という報《しら》せをつたえた。それで、この紙片はそのままに置いてあった。晩に、私がふとそれを手にとって、読んで、思わずにこりと笑った。どうしてお笑いになるの、とあのひとに訊ねられて、――「なんという神の賜物でしょう、空想の力というものは！」と私は叫んだ、「一瞬のあいだ、ちらと自分を欺いてしまったのですよ。この手紙が私にあてて書かれたものだ、と」――はっとあのひとは口を噤《つぐ》んだ。気にさわったらしかった。私も黙った。

九月六日

なかなか思い切れずにいたが、ようやく決心をして、ロッテとはじめて踊ったときに着ていた、飾りのない青い燕尾服を脱ぐことにした。もうすっかり見すぼらしくなってしまったから。そして、襟も袖口も、前のと寸分ちがわないのを一着つくらせた。それから黄色いチョッキとズボンも。

できあがりはしたが、どうも前と同じような気持がしない。どういうわけなのか、――まあ、日がたったらもっとしっくりするだろう。

九月十二日

ロッテは数日前から、夫を迎えに旅行をしていた。それが今日、彼女の部屋に入ってゆくと、自分で出むかえてくれた。私は嬉しさにあふれてその手に接吻した。

鏡の前から一羽のカナリアが飛んできて、ロッテの肩にとまった。――「あたらしいお友だちよ」と彼女はいって、鳥を自分の手の上に誘いよせた。「子供たちへのお土産ですの。このかわいいこと！　ごらんなさいまし！　パンをやりますと、羽搏《はばた》きをしてお行儀よく啄《ついば》みます。わたくしに接吻もいたしますのよ、ほら！」

といって口をさしだすと、小鳥はいかにも愛らしく、あのひとのやさしい唇の中に嘴《くちばし》をさし入れた。その身に味わう幸せをほんとうに感じることができるかのようだった。

「あなたにも接吻させてあげましょう」と彼女はいって、カナリアを手渡した。――小さな嘴はあのひとの口から私の口へとうつってきた。この唇を啄むその感触に、愛にあふれた悦楽の一抹の息吹きと予感がつたわった。

「この鳥の接吻は」と私がいった、「もっと何かをほしがっているようですね。餌を食べたがっていますね。ただ可愛がってもらっただけでは足らないようです」

「口移しにしてやっても食べますわ」とロッテはいった。――そうして、パン屑を二つ三つくわえて食べさせてやった。その唇はけがれない愛の愉悦にほほえみながら。

私は顔をそむけた。これはつらかった！　このような聖らかな無心と至福の場面を見せて、私の想像をあおって、ともすると平板単調な人生がわれらをひき入れる眠りから、私の心をよび醒《さま》すようなことを、このひとはしてはいけなかった！――なぜ、いけない？――私を信用してくれればこそではないか！　私がどれほどにも愛しているかを、このひとが知っていればこそではないか！

九月十五日

なんという腹立たしいことだろう、ウィルヘルム、この世には価値あるものとても僅かだのに、その僅かなものに対してすら感覚も感情ももっていない人間がいるのだから。君も知っているあの胡桃《くるみ》の樹、聖……村の実直な牧師のところで、私がロッテと共にその木陰に坐っていた、あの堂々とした胡桃の樹！　あれを見るたびに、いつも私の魂はよろこびでみたされた。あのおかげで、牧師の屋敷はなんともいえずなつかしかった。ひろがった枝の涼しさ！　みごとさ！　むかしあれを植えた実直な牧師たちの思い出もまつわって、学校の先生はおじいさんからきいたとて、よくそのうちの一人のことを話してくれた。すぐれた人だったそうで、あの木の下に立つと、私はその人のことをうやうやしく追想したものだった。昨日、その先生は目に涙をうかべていた、みなであの木が伐《き》り倒されてしまったことを話していたときに――。伐られてしまったのだよ！　まったく気が変になる。最初の一撃を加えた奴を殺してやりたいくらいだ。こういう木が二三本うちの庭に立っていて、その一本が老衰して死んだだけでも、悲しくて憔悴《しょうすい》するだろうに、それでも黙って見ていなくてはならないのだ。ただ君、こういうことがあるのだよ。やっぱり人間の感情だね！　これで村中の人々がぶつぶついいだした。牧師の奥さんは自分がこの村にどんな傷を負わしたか、バタや卵やそのほかのつけとどけ物の具合でおいおい思い知るときがあるだろう。というのは、これというのもこの女、つまり新任牧師(あの老牧師は亡くなった)の細君がやったことなのだ。やせた病身な女で、人からは誰にも好いてはもらえないところから、他人のことはどうでもいいと思うのもまあ分るが、愚かにも学者でございと見せかけたがり、*正本聖書の研究の尻馬《しりうま》にのって、新流行の道徳的批判的キリスト教改革のために奔走して、*ラファーターの狂信には肩をそびやかす。肉体的にすっかり消耗してしまっているから、神のめぐみある地上においてはなんのよろこびもしらない。こういう代物であればこそ、あの胡桃の樹を、伐れもしたのだ。まったく、なんたることだ！――葉が落ちるので屋敷中がきたなくなってじめじめいたします。木の蔭で日当りがどうも。実がなると男の子たちが石を投げるので、ほんとうに神経がいらいらいたします。せっかく*ケニコートや*ゼームラーや*ミヒャエリスを比較検討をいたしておりましても、ふかい思索がみだされまして、とくるんだからね。村人たち、ことに老人たちが不満らしいから、私は「なぜ黙っていたのです？」ときいた。――「この土地では、村長さんがそのおつもりなら」とかれらはいった、「どうにもしかたがございませんわい。」――それが愉快なことになった。牧師はふだんから細君が機嫌がわるくて、おかげでスープが薄くてこまるから、この木の代をものにして、村長と山分けをしようとたくらんだ。すると、これが管理所の耳に入って、「当方ニ納入サルヘシ」ときた。つまり、牧師の屋敷のうちの胡桃の生えている個所は、むかしながらに管理所の権能に所属しているからなので、とうとう胡桃の木は競売になってしまった。樹は仆《たお》れて横たわっている。おお、もしも私が領主だったら！　牧師夫人も、村長も、管理所も——。領主か！　いやいや、もし私が領主だったら、領内の木のことなんか気にはかけぬ。

十月十日

あのひとの黒い瞳を見るだけで、もう私は幸福だ！　それだのに、アルベルト自身はそれほど幸福そうにはみえない。これが忿懣《ふんまん》にたえないのだ。もし——私が——彼は——だろうに——思ったほど——。いや、私はこんなに文章の中に条《すじ》をひきたくはないけれども、なんといいあらわしていいか分らないし——これでも分るだろう——。

十月十二日

私の心のなかで、*オシアンがホーマーをおしのけてしまった。なんという世界に、この大詩人はひき入れてくれることだろう！　——さまよいつつ荒野を行くや、あらしは身をつつんで、ほの白き月の光にわきおこる霧のさなかを、遠つ祖《おや》の霊たちはつらなりゆく。山々の方《かた》よりは、森の瀬のどよみに交って、洞の霊どものなかば消えし呻《によ》びの声がきこえ、また雄《た》けき討死をとげた亡き恋人の苔と草に覆われた四つの墓石のほとりの、絶え入らんばかりの乙女の慟哭《どうこく》がきこえる。ただ見る、かのさまよいゆく白髪の吟遊詩人は、はてしなき荒野に遠つ祖の足跡をもとめて、ああ、ついにその墓石をみいだす。うちかえす海原に落ちゆく夕ずつの星を、嘆きつつうち見て、この雄けき人の心には、過ぎし日のことどもがまざまざとよみがえる。かの日にはまだ、勇者の冒す危険の行手をばよろこばしき光がてらし、花環をかざった凱旋《がいせん》の船に月がかがやいていた。この人の額にはふかき苦悩が読まれる。このの こされた最後の勇者は、いまは憔悴のうちに墓場へとよろめきゆく。かれは亡き人々の幽魂のありともわかぬ姿を前に、苦痛に燃えるあたらしき歓喜をすすって、冷たい大地を見おろし、風にゆらぐ高い草を見はるかして、絶叫する。——「美しかりし日の、われを知りし、さすらいびとが来るであろう。来たって問うであろう。かの歌い手はいずくにある、フィンガル*の優れたる子はいずくにある！ と。さすらいびとの歩みはわが墓を越えゆき、彼はこの地の上にわれを求めて、見いでぬであろう」——この人はおもむろに絶えゆく命の苦しみにわななないている。おお、友よ！ 私も忠誠なる従者のごとくに剣を抜いて、わが君オシアンをこの苦しみからたちどころに救いたい。そうして、この救われた半神を追って、わが魂を冥府にまでも跟《つ》いてゆかせたい。

十月十九日

ああ、この空虚よ！ ここに、わが胸の底に、感ずるおそろしい空虚よ！ ——幾度となく思わずにはいられぬ、ただ一度、せめてただの一度なりとも、この胸にあのひとを抱きしめることができたら、この空虚はあますことなく充たされるものを。

十月二十六日

たしかだよ、君！　一個の人間の存在なんてつまらないものだ。じつにはかないものだ。このことはますますうたがえなくなるばかりだ。ロッテのところに女の友だちがきた。私は本をとりに隣室に入っていったが、どうも読む気になれないので、書こうと思ってペンをとった。女たちが低い声で話をしているのが聞えていた。とりとめのない町の出来事などの話で、あの方がこんど結婚なさるとか、この方は御病気、それもたいへんおわるいそうで、というようなことだった。「空咳をなさるし、頬骨がとびだしておしまいですし、人事不省のこともあるのですって」と客がいった、「もうあのかたもお長くはないわね」「……さんだって心配よ」とロッテがいった。「もう浮腫《ふしゅ》がきていますって」と相手が答えた。――思わずしらず想像がはたらいて、私は自分がこういう哀れな人たちの病床のかたわらにいるかのような気がした。そのさまがまざまざと目の前に見えた。この人生に背をむけることを、どんなにいやがっていることだろう！　また、どんなに――。それだのに、ウィルヘルムよ、女たちの口ぶりは、いかにも世間の人たちが他人が死んだときに噂をするような調子だ。――私はあたりを見まわし、部屋をながめた。周囲にはロッテの衣裳がある。アルベルトの書類がある。それからこのインキ壺まで、いまはすっかりなじみになった家具がある。それを見まもって、思いに耽《ふけ》った。「どうだ、この家にとっておまえがなんであるか、分るか！　結局のところはこうだろう。この家の人々はおまえを敬愛している。おまえという者がいることをよろこんでくれる。そして、おまえも、かれらがいなくては生きてゆけないような気がしている。とはいうものの、――もしおまえが行ってしまったら？　このまま脱けてしまったら？　そのあとは？　おまえを失うことによってかれらの運命の中にできた空隙を、あのひとたちはいつまで感じているだろう！　どのくらいのあいだ？」――ああ、人間のこのはかなさよ！　人間が自己の存在を真に確認し、自己の現存をほんとうに印象づけることができる唯一の場所は、自分が愛するひとびとの追憶、その魂の中であるが、ここにおいてさえ、人間は跡を絶って消えうせなくてはならない。しかも、またたくまのうちに！

十月二十七日

人間がかくもたがいに触るることがすくないのを思うとき、われとわが胸を裂き、頭を刺したくなる。おお、愛、よろこび、熱、悦楽、これらのものはわれわれから与えなければ、人からは与えられることがない。しかも、よしわが胸は至福にあふれることありとも、わが面前に冷然としてまた無気力に立つ者には、どうしてその幸を頒《わか》ちえよう。

夕

私はこれほども多くのものを持っている。しかも、あのひとを恋うるこころは一切を呑みこんでしまう。私はこれほども多くのものを持っている。しかも、あのひとがなくては一切は無に帰する。

十月三十日

あやうくあのひとの頸をかき抱こうとしたことが、もう百回もあった！　これほどにも親しげな素振《そぶ》りがちらちらと目の前にゆき交《か》うのを見ながら、それを捉えようとする手を抑えていなくてはならない気持は、誰が知ろう。捉えようと手をさしのべるのは、人間のもっとも自然な衝動だ。子供はほしいものがあれば、なんにでも手をだす。——それだのに私は？

十一月三日

神ぞ知る！　いくたびも私は、ふたたび醒めぬようにと願いながら、ときにはもうこれで醒めることはあるまいと当てにしながら、寝床に身を横たえる。そして、朝になって目をひらいて、太陽を仰いで、みじめな気持でいる。おお、もうすこし自分が気まぐれになれたら。天気のせいにしたり、誰か第三者のせいにしたり、事業失敗のせいにしたりすることができたら。そうなれば、このやりきれない憤懣の重荷も、肩からなかばは軽くなることだろう。禍いなるかな、私はあまりにもはっきりと感じている、罪はすべて自分にあるということを。——いな、これは罪ではない！　ともあれ、一切の悲惨の源はこの自分の中にひそんでいる。ありし日には、すべての喜悦の源がここにあったのではあるけれども。私は同じ私ではないか？　かつては充ち溢れる情感の中にただよい、一歩を行くごとに天国がひらけ、わがこころは愛をもて一つの世界を残る隈《くま》なく抱擁したではないか？　されど、このこころはいまははや死んだ。いかなる感動もそこからは流れいでない。わが双の瞳は乾き、五官も蘇生の涙によって洗われることなく、額は不安もて皺だたんでいる。私はかくも悩んでいる。それというのも、わが生のただ一つの歓喜であったものを失ったからだ。それによって私がわが身をめぐる世界を創造した、あの生を吹きこむ聖《きよ》い力が消えたからだ！ ――わが窓からとおい丘を見はるかせば、朝の太陽が霧を透して、しずかな草原に光をながす。ゆるやかな川は葉の落ちた柳のあいだを縫って、こちらにむかってうねっている。――おお！ このかがやかしい自然とて、私には乾き固まって、さながらニスを塗った一枚の絵にひとしい。これほどの歓喜も、わが心臓から一滴の愉悦を吸いあげて、頭脳に濺《そそ》ぐにはたりない。かくて男一人が神のみまえにあること、あたかも涸《か》れた泉、裂けた桶にひとしい。幾度となく私は大地にひれ伏して、涙をたまえと神に祈った。その頭上の空は黄銅のごとく、めぐりの大地は水に渇《かっ》えたるとき、農夫はこのようにも雨を祈るのである。

しかし、ああ！ 私は感じるが、われらがいかに性急に乞うても、神は雨も日光も下したまいはしない。思いかえすだに心のいたむあの日々に、私があれほどにも幸福でありえたのは、ひとえに私がしずかに堪えて精霊のおとずれを待ち、それがわが頭上にそそぐ歓喜を、しめやかな感謝の念をもって受けたからであったろう。

十一月八日

ロッテが私の不節制をいさめた。ああ、なんという愛情をこめて！ その不節制というのは、私が一杯の葡萄酒に口をつけると、つい一壜を空けてしまうということだ。――「そんなことをなさらないで」と彼女はいった、「ロッテのことを考えてくださいまし。」――「考える！」と私はいった、「どうしてわざわざそんなことをおっしゃるのです？ 考えていますとも！ ――いや、考えてはいません！ あなたはいつも私の魂の前にいるのですから。今日も、あなたが先日馬車から降りた場所に坐っていました。」――ロッテは、これ以上この話をすすめまいと、話頭を転じた。友よ、私は魂が脱けたようだ！　あのひとのなすがままになっている。

十一月十五日

ウィルヘルムよ、あのように思いやりをこめた忠告をしてくれて、心から感謝する。どうか安心してくれたまえ。私は最後まで堪え忍ぶ。これほども困憊《こんぱい》憔悴《しょうすい》はしているけれども、それでもまだやりぬくだけの力はもっている。私は宗教を尊敬する。それは君も知っていることだ。宗教が多くの疲れたる者にとっての杖であり、窶《やつ》れた者にとっての回生であることは、私も感じている。――ただ、それがいかなる人間にとってもそうでありうるのだろうか？　あらねばならぬのだろうか？　ひろい世の中を見れば、説教をきくにせよきかぬにせよ、そうでなかった人が幾千もいるし、そうなりそうもない人も幾千もいる。その宗教が私にとって、かならず杖となり回生となってくれるだろうか？　*神の子さえいっているではないか、自分のまわりに集う者は、父なる神が自分に与えたもうた人々である、と。もしこの私が神の子には与えられなかった人間であるなら？　心中ひそかにそのように囁《ささや》く声がするが、もし父なる神が私をおん手のもとに留めたもうおぼしめしであるなら？――おねがいだから、曲解しないでくれたまえ。真摯《しんし》にいっているこの言葉を、嘲笑だなどとは思わないでくれたまえ。私は魂の底を披瀝《ひれき》しているのだ。さもなければ、むしろ黙っていよう。私ばかりか何人《なんぴと》に訊《たず》ねても分らないようなことについては、おろそかに言葉を洩らしたくはないのだから。しょせんは、おのれの分を限界まで堪え、おのれの杯をのみほすことが、人間の運命ではないか？——天の神すら人の身もてあらわれしときの唇には、この杯を苦しと味わいたもうた。なにしに私が虚勢をはって、それを甘いかのごとくに装おうことがあろう？ 私の全存在が生と死のあいだに戦慄し、過去は紫電のごとくに未来のくらい深淵の上にかがやき、われをめぐって万象が消えて、自分とともに世界が没落する、そのようなおそろしい瞬間に、この小さい私がどうして恥じる要があろう？ 人間が窮地に追いつめられて頼るものとてはただおのれひとりの力のみであり、しかもそのおのれを支えることができず、とめどなく転落してゆきながら、むなしく攀《よ》じ上《のぼ》らんとして攀じ上ることができない。このときの無力の秘奥に、歯をかんで、「*わが神！ わが神！ なんぞわれを捨てたまいしや」と叫ぶこそ、被創造物たる人間の声ではないか？ それだのに、この私がこの叫びを発するのを恥じることはない。そのような瞬間を思って苦しむことはない。*諸天を布のごとくに捲く力のある、かの神の子さえ、それはまぬがれなかったことであるものを！

十一月二十一日

ロッテは自分をも私をも破滅させる毒薬を調合している。あのひとは、知りもせず感じもせずに、それをしているのだ。私は咽《のど》を鳴らして、この身を亡ぼす杯を、彼女がさしだすままに啜りこむ。あの親切なまなざし。あれは何をいおうとするのだろう？ それでしばしば私を——。しばしば？ いや、そうとまではいえなくても、やはりときおりは私をみつめるあのまなざし。おもわずしらずもらしてしまう私の感情を、うけとるときのあのやさしさ。彼女の額の上にうかびでる、私の忍苦へのあの同情。

昨日帰るときに、ロッテは私に手をさしのべて、こういった。「さようなら、愛するウェルテル！」――愛するウェルテル！　あのひとが私をこう呼んだのは、これがはじめてだ。骨の髄まで戦《おのの》きがつたわった。私はそれを百回もくりかえした。そして、夜になって床につこうと思って、あれこれと独り言をいっているうちに、突然「おやすみなさい、愛するウェルテル！」といってしまった。そして、自分で自分を笑った。

十一月二十二日

「あのひとを私にゆるしたまえ！」こう祈ることはできない。それだのに、ときどきは、あのひとが自分のもののような気がする。「あのひとを私にあたえたまえ！」こう祈ることはできない。ほかの男のものなのだから。私は自分の苦しみを材料にして、さまざま理窟をこねまわす。ほうっておいたら、縷々《るる》たるアンティテーゼの連禱ができあがるね。

十一月二十四日

私の忍苦をあのひとは感じている。今日のあのまなざしは心にふかく滲《し》み透《とお》った。行ったときには、あのひとはひとりでいた。私は黙っていた。あのひとは私をじっと見つめた。このときにはいつものやさしさ、うつくしさも、すぐれた心の光も浮かんではいなかった。こうしたものはみな消えていた。そして、もっとはるかにかがやかしい、思いやりのふかい共感の眼《まな》ざしが私の胸に浸《し》みた。なぜあのひとの足下に身を投げなかったのだろう？　なぜあの頸にとめどない接吻をそそいで答えなかったのだろう？　ロッテは逃れてピアノにむかい、弾きながら、ひくい甘い声でなだらかなしらべを口ずさんだ。その唇のさまがいまだおぼえがないほどに心をそそった。さながらこの唇がうちひらいて、楽器に湧きいずる甘美なものの音《ね》を吸り入れるにつれて、きよい口からふたたびにひそやかな谺《こだま》がひびきかえしてくるかのようだった。――いな、このようにいったとて、それで何をつたええよう！　――私はもう堪えかねた。ただ首をたれて、心に誓った。「唇よ、その上に天の霊のただよう唇よ！　もはやそれにくちづけをねがいはすまい。」――しかもなお――私はあきらめられぬ――おお！　私の前にこの思いが壁のように聳立《しょうりつ》している――、この幸福をわがものとして――そののちにその罪を贖《あがな》うべく亡びゆきたい――。罪？

十一月二十六日

ときおり私はひとりごとする。「おまえの運命は比類がない。ほかの人々はしあわせだ。いまだかくも悩む者がいたことはあるまい。」それから私は昔の詩人を読む。すると、さながらに自分の心をくりひろげて眺めるような気がする。私のこの忍苦よ！　ああ、人間はすでに昔からこれほども惨めだったのだろうか？

十一月三十日

私は、この私は、もう正気にかえってはならないのだろう！　どこに行っても、とり乱さずにはいられないような事にばかり出あう。今日も！——おお、運命！　おお、人間！

昼に私は川沿いにあるいていった。食事を摂《と》る気がしなかった。なにもかも荒涼としていて、山からは湿って冷たい西風が吹き、灰色の雨雲が谷に這《は》いこんでいた。遠くから、粗末な緑の上衣をきた男の姿が見えていたが、岩のあいだをうろついて薬草でも採っているのかと思われた。私が近づくとその跫音《あしおと》でふりむいたが、じつに変った人相をしていた。何よりも目につくのはしずかな悲哀の表情であり、さらに素直な善良な気立てだった。黒い髪は二つの輪にしてピンでとめ、残りは太く編んで背にたれていた。その服装からしても身分の低い人らしく、何をしているかを尋ねても気を悪くすることもなさそうだったので、「何をさがしているのかね？」ときいた。——「花を」と彼はふかいため息をつきながら答えた、「どこにいっても、どこにいっても、見つからない」——私はすこし笑いながらいった、「でも、その季節じゃないもの」——「あるとも、あるとも、たくさんある」と彼は私の方に下りてきながらいった。「うちの庭には二いろの薔薇《ばら》と忍冬《にんどう》が咲いている。その片方はおやじがくれた。やぶのように茂っている。二日さがして見つからない。ここらあたりはいつもいつも花ざかり。黄いろや青やくれないや。矢車草の花はきれいだなあ。どれもこれも見つからない」——いくぶん気味がわるかったので、私は遠まわしに訊ねた、「花をどうするつもりなの？」——すると、彼の顔は痙攣《けいれん》するような微笑のためにゆがんだ。——「誰にも洩らしてはならんぞよ」と彼は指を口にあてていった、「恋人にやる花束じゃ」——「それはいいね」——「ああ、あれはほかにもたくさん持っているわい！　金持だわい」——「それでも君の花束はうれしいだろうよ」——「おお、宝石も、それから冠も所蔵じゃよ」——「そのひとの名は何というの?」——「オランダさえ余に歳費を惜しまねば」と彼は返事のかわりにいった、「このようなことにはならなんだのに！　あ、あ、前はしあわせ。いまはおしまい。いまはもう――」天を仰いだ濡れた眼《まな》ざしがすべてを語っていた。――「じゃ、前はしあわせだったの？」と私はたずねた。――「またああなればなあ！」と彼はこたえた、「しあわせで、たのしくて、気軽で、水の中の魚のようだったが！」――「ハインリヒ！」と呼ぶ声がして、ひとりの老婆がその道をやってきた。「まあ、ここにいたのかえ。ほうぼうさがしていたよ。ご飯においで」――「あなたの息子さんですかね？」と私は歩みよってたずねた。――「はい、ふびんな伜でございます」と老婆はこたえた、「神さまはわたくしに重い十字架を負わせなされましてございます」――「こんなふうになってから、もうどのくらいになります？」――「このように鎮まりましてからは半年にもなりましょう。有難いことに、ようようこれまでになりました。それまでは一年ほども荒れ狂って、きちがい病院で鎖につながれておりました。いまではどなたにも何もいたしません。ただ、いつもいつも、王さまだの皇帝だのが相手なのでございます。もともと気立てのやさしいしずかな子で、暮しの手だすけをよくしてくれ、字も上手に書きましたが、急に陰気になりまして、高い熱を出して、それがすぎると狂いだし、いまではごらんのとおりのありさまでございます。こう申すのもなんでございますが、旦那様」――この言葉の流れをさえぎって、私はきいた、「たいへん幸福だった、しあわせだった、としきりに自慢をしていますが、それはいつのことですか？」――「おろかなやつめでございます」と老婆は憫《あわ》れむようにほほ笑みながら叫んだ、「それはあの子がほんとうに気がふれていた時のことでございます。何も弁《わきま》えないできちがい病院に入っていた時のことでございます。いつもそれを自慢にしておりまして」――これをきいて、私は頭上に雷がおちたような気がした。私は一枚の貨幣を老婆の手ににぎらせて、足をはやめてこの人たちのそばを離れた。

「おまえが幸福であったとき！」私は足をはやめて町にむかってひたむきに歩きながら、叫んだ、「さながら水の中の魚のようにしあわせだったとき！」――天の神よ、あなたはこれをしも人間の運命とお定めになったのですか。人間は理性をもつようになるその以前か、あるいはそれをふたたび失った以後か、どちらかでなくては幸福ではないということを！　あわれな男よ！しかも私は、おまえの悲哀を、やせゆきおとろえゆくおまえの五官の昏迷《こんめい》を、うらやましく思う！　おまえは女王のために花を摘もうとて、希望にみちて家を出る――冬のさなかに――。そして見つからないとて嘆き、その見つからぬわけを理解はせぬ。そして私は――私は、希望もなく目的もなく家を出て、来《きた》りしがごとくにふたたび帰ってゆく。――おまえはもしオランダの国が金を贈ってよこしさえすれば、どのような人間になれるかと空想する。幸福なる人よ！　おまえは自分の身の不幸を、この世の障礙《しょうげ》の罪に帰することができる。おまえは感じない！　おまえの悲惨はおまえの破壊した心と錯乱した頭脳の中に原因があり、この地上のいかなる王者といえどもそれを癒《いや》すによしなきものだということを、感じない。

遠い霊泉を求めて旅にゆき、かえって病いを重くして、臨終の苦を増す病人。また、良心の呵《か》責《しゃく》をはらい霊の苦悩を癒そうとて、聖なるキリストの墓に巡礼して、ふたがる胸をはらす人。かかる人々を嘲る者は嘲って、おのれは慰めしらぬ死を死ねよ。かかる人々こそは、道なき道を踏みしだき、蹠《あしうら》を傷つけながら、その一歩一歩がくるしめる魂を医《いや》す没薬《もつやく》の雫《しずく》であり、忍苦の旅の一日ごとに、こころは煩いを軽くして憩う。——これをしも、おお褥《しとね》の上の饒舌家たちよ、諸君はあえて妄想とよぶのであるか？——妄想！——おお神、おんみはわが涙をみそなわします！　おんみは人間をかくも憫然《びんぜん》たるものに創りたまいながら、さらに彼にはらからをあたえて、一切を愛したもう神へのいささかの信頼を奪い、貧しき心を奪うのを、ゆるしたもうのでしょうか？　おんみはわれらを囲繞《いにょう》する一切のものの中に、われらが刻々に要する治癒と鎮静の力を秘めておかれました。されば、われらが薬草によせ葡萄の雫によせる信頼こそは、とりもなおさず、おんみのめぐみへの信頼ではありませんか？　わがしらざる父よ！　かつてはわが全霊を充たしながら、いまはわれより面をそむけたまう父よ！　われをみもとに呼びたまえ！　もはや黙したもうな！　この飢え渇える魂は、この上おんみの沈黙には堪えかねるのです。——思いがけなくも息子が帰ってきて、頸にすがって、つぎのように叫ぶとき、人間が、一人の父親が、それを怒ることがありましょうか？　「帰ってまいりました、父よ。あなたの思召しによってなおも忍び続けるべき流浪を、中途にやめたことを、お叱りにならないでください。世界はいずくに行くも同じです。辛苦と労働があってこそねぎらいとよろこびがあります。それとてしかしなんでしょう？　ただあなたのいますところでのみ、私は幸せです。あなたの目の前で、悩みもし楽しみもしたいのです」——天なる神よ、おんみはこの者をもしりぞけたもうのでしょうか？

十二月一日

ウィルヘルム！　この前に記したあの男、あの幸福な薄倖者は、ロッテの父に書記として使われていたのだった。ロッテを恋して、いやます思いを胸に秘めていたが、ついに打明け、そのために免職になって、それから発狂した。この話をきいて、私がどれほどきちがいじみた感動をうけたか、この乾燥無味な言葉からどうか察してほしい。アルベルトはこれを平然と話してくれた。君も平然と読むのだろうけれども。

十二月四日

どうしたらいいのだ。――ああ君、私はもうお終《しま》いだ。もうこれ以上は堪えられぬ！　今日、ロッテの横にいた――坐っていた。あのひとはピアノを弾いた。さまざまの旋律、ありとあらゆる情感！　なにもかも！　隅から隅まで！　どうしたらいいのだ、君！　――ロッテの妹が私の膝の上で人形に着せていた。目に涙がにじみでた。さしうつむくと、ふと彼女の結婚の指環が目にうつった。――涙がしたたり落ちた。そのとき、たまたま、ききおぼえた甘美なメロディがはじまった。それがあまり思いもかけなかったので、私の魂に慰めの気持が浸みわたった。それから、すぎた日々の回想や、この歌をきいたあのときこのとき、その合間のにがい痛恨のことども、あざむかれた希望の数々、そのほかが……。私は部屋の中をゆきつもどりつした。こみあげる思いに胸は息づまるかと思われた。――「おねがいです」と私ははげしくとり乱して彼女のところに駈《か》けよって、いった、「おねがいです。弾くのをやめてください！」――ロッテは手をとめて、私をじっと見つめた。――「ウェルテル」と彼女は私の胸をつらぬくような微笑をたたえていった、「あなたは御病気ですわね。いつもお好きな御馳走がお気に入らないのですもの。さあ、お帰りなさいませ。おねがいです、ゆっくり気持をおやすめになってくださいまし。」——私は身をふりはなすようにして立去った。——神よ、このみじめな私をごらんになって、どうかこれに結末をつけてくださいまし。

十二月六日

あの姿がどこに行ってもつきまとう。夢にも、現《うつつ》にも、魂の隅々まで充たしている！　目をとじると、ここの額の中に、内なる視力が集まるあたりに、あのひとの黒い瞳があらわれる。ここに！　だが、はっきりといいあらわすことができない。目をふさぐと、いつもそこにまざまざとある。海のように、深淵のように、この双の瞳は私の前にやすらい、私の内にとどまって、この額のあらゆる感覚をみたす。

人間、この半神とたたえられるものは、そも何なのだろう！　もっとも力を必要とするそのときに、力を喪うではないか？　歓喜のあまり高翔《こうしょう》しながら、また受苦の底に沈淪《ちんりん》しながら、つねにつねに、いまこそ測《はか》りがたい無限者の中に融《と》け入ろうとあくがれる、まさにそのときに、ひきとめられ、ふたたび鈍くひややかな意識へとつれもどされるではないか？

編者より読者へ

われらの友ウェルテルの最後の異常な数日について、なるべく多くの自筆の記録が保存されていればよいが、そして彼が遺《のこ》した手紙をつづけることができればよいが、と編者はどれほど願ったことでしょう。それを中断して説明によってかえることをしたくはないのです。

*彼の身の上についてよく知っていると思われる人々の口から、精確な資料を集めようと、極力つとめました。事情は簡単だし、どの話もわずかな差異をのぞけばすべて一致しています。ただ、関係者たちの気持に関することとなると、意見はまちまちだし、判断もさまざまです。

結局、なすべきことは次のようなこととなりましょう。われわれが苦心を重ねて聞きこんだことを忠実に物語り、死を前にした故人の手紙をそのあいだに插入し、発見されたかぎりの断簡零《だんかんれい》墨《ぼく》をおろそかにしないことです。ことに凡庸ならざる人間の行為については、たとえいかなる区々たるものであっても、その真の動機を発見することはむつかしいのですから、この方法をとらなくてはなりません。

ウェルテルの心中には不満と不快がますますふかく根をおろし、かたく絡みあい、ついには彼の全部を占めてしまいました。精神の調和はまったく破綻をきたし、内心の興奮と激情は彼がものって生れたすべての力を混乱させ、おそるべき結果をひきおこし、とうとう倦怠虚脱の状態をのこしました。これから脱出しようとして、彼はこれまでいかなる不幸と戦ってきたときよりも細心につとめました。憂悶は精神のほかの力をも蝕んで、あの活気もあの犀利もそこなわれ、人中《なか》に出ても沈みこんでいるし、しだいに不幸になり、不幸になるにつれて無理な我を張るようになりました。すくなくともアルベルト側の者はそういうのです。かれらは主張します、――ウェルテルはいわば日毎に全財産を食いつくしていって、ついに夕方になって餓えて苦しんでるような人間だ。ところが一方のアルベルトは、純粋な平静な人物である。彼はいまやひさしくねがっていた幸福をもわがものとして、それを未来にわたっても確保しようとしているのだ。こうした人物のこうした振舞いがウェルテルには理解ができなかった。アルベルトがそんな短い期間に人《ひと》柄が変ったのではない。最後まで、ウェルテルが最初にしって敬愛していたままのアルベルトだった。何よりもロッテを愛し、誇りにも思い、この世のもっともすぐれた女性であることを何人《なんびと》にも認めさせたく思っていた。それだもの、彼がいかなる疑惑の痕《あと》をも消したがったのは当然であり、もしもそういう懸念があるときには、たとえそれがどんなに後めたからぬ交渉であるとはしても、この大切な所有物を他人とは頒かとうとしなかったのだ。これで彼が責められることがどこにあろう。――こういって、かれらはさらに打明けます。たしかに、ウェルテルがロッテのそばにいると、アルベルトが妻の部屋から出ていったことはよくあった。しかし、それとてもこの友人に対する憎悪や反感からではなく、自分がいてはウェルテルが気づまりなのを察したからだった。

ロッテの父親が病気にかかってひきこもり、ロッテを迎えに馬車をよこしました。彼女はそれに乗ってゆきました。うつくしく晴れた冬の日で、初雪が厚くつもって、あたり一面を覆っていました。

その翌朝、ウェルテルがそのあとを行きました。アルベルトが迎えに行かないときには、連れて帰るのは彼の役でした。

澄みわたった空模様も、濁った彼の気持をひきたたせはしませんでした。鈍い圧迫感が心にのしかかっていて、かなしい映像が胸裏に固定して、思いはとりとめもなくくるしい想念から想念へと移ってゆくだけでした。

たえずおのれ自身に不満をいだいて生きていたため、ウェルテルの目には、他人の状態までが危険な混乱に陥りゆきつつあるものと映りました。彼は、アルベルトとその妻との美しい仲を自分が破壊してしまったと思いこみ、このために自分をしきりに責めましたが、ただこれには、夫のアルベルトに対するしらずしらずの反感がまじっていたのです。

このときも道をゆきながら、彼の考えはこの一点に集中しました。「なるほどな。いかにも」と彼はひとしれぬ歯ぎしりをしながら自分にむかっていいました。「ああいうのが親しくやさしく情のこまやかな、何事にも思いやりのある仲、安定して長もちのするまごころ、というやつなんだろうな！　倦怠じゃないか、無関心じゃないか！　あの男にとっては、仕事といえばどんなくだらない仕事だって、あの立派な細君よりも興味がある。あれには自分の幸福が分っているのだろうか？　ふさわしいほどに彼女を尊敬することをしっているのだろうか？　あれはあのひとを妻にしている。それはたしかにそうだ。——よく分っている。明々白々たる事実だ。それを考えることにも慣れた。とはいえ、これが自分の気をくるわせる。自分を殺す。——いったい、自分への友情がつづいているのだろうか？　アルベルトはロッテに対する私の好意をすでに権利の侵害と考え、ロッテへのこの心づかいを彼に対する間接の非難だとしているのではなかろうか？　わかっている。気配は感ずる。あれは自分に会いたがらない。遠ざけようとしている。自分が目の前にあらわれては迷惑なのだ」

彼はいくども足早な歩みをとめ、いくども立ちどまり、戻ろうとするかに見えました。しかし、また先に歩みつづけて、こうした物思いに耽《ふけ》って独語《ひとりごと》をいいながら、とうとう、いわば心ならずも狩猟館についてしまいました。

彼は玄関に入って、老人のことロッテのことをたずねました。家の中がどうやら取りこんでいるようでした。上の男の子が話してくれましたが、向うのヴァールハイムの村に椿事がおこったのです。一人の百姓が殺された！——ウェルテルはそれをきいても、それ以上にべつに気にもとめませんでした。——彼は部屋に入りました。みると、ロッテがしきりに老人をとめています。老人は病中であるにもかかわらず、すぐに現場に行って犯行を調査するといってきかないのです。犯人はまだ不明で、屍体《したい》は早朝に戸口の前で発見された。いろいろな臆測がつたえられているが、なんでも、殺されたのはある寡婦の下僕で、この女は前にもうひとり別の男をやとっていた。それがなにかいざこざがあって家から出ていった、ということでした。

これをきくと、ウェルテルはとびあがらんばかりに驚きました。——「とんでもない！」と彼は叫んだのです、「行かなくちゃならん。一刻もじっとしてはいられない」――彼はヴァールハイムにいそぎました。こまかい事までがいきいきと思いだされ、人を殺したのはあの幾度も話をして好きになった男にちがいないということを、一瞬も疑いませんでした。

屍体がおいてある料亭に行くには、菩提樹のあいだをぬけて行かなくてはなりませんでしたが、かつてはあれほど気に入っていたこの場所で、彼は戦慄をおぼえました。よく近所の子供たちが遊んでいた家の閾《しきい》は、血で汚れていました。愛や信実や、こうした人間のもっともうるわしい感情が、暴力と殺害に変ってしまったのです。太い木々は落葉して、白い霜をおいていました。低い墓地の壁の上に円くむらがったきれいな生垣も裸になって、その隙間から、雪をつんだ墓石が見えていました。

料亭の前には村中の人が集っていましたが、ウェルテルが近づいたときに、突然叫び声があがりました。遠方に一隊の武装した人々が見え、みなが口々に、犯人をつれてくる！　と叫びました。ウェルテルもそちらを見ましたが、もう疑う余地はありませんでした。たしかに！　それはあの寡婦をあれほども熱愛していた下男でした。ウェルテルはすこし前に、彼がひそかな絶望、人しれぬ憤怒をおさえてうろついているのに、出会わしたことがありました。

ウェルテルは囚《とら》われ人《びと》の方に駈《か》けよりながら「なんということをしたのだね、可哀そうに！」と叫びました。――この人は彼をしずかにじっと見つめ、何もいいませんでしたが、やがて落ちついて答えました。「あのひとは誰のものにもならない。誰もあのひとのものにはなりません」――人々は彼を料亭の中にひきいれ、ウェルテルはいそいでその場を去りました。

このおそろしいはげしい感動のために、ウェルテルの内心の一切が混乱し震撼《しんかん》されました。いままでの憂鬱、悲哀、なげやりな虚脱の気持から、彼はしばらくはひきだされました。同情の念が彼をとらえて、この人間を救ってやりたいという、いいがたい願いをおさえることができませんでした。この人の不幸をしみじみと感じ、罪人にはちがいないが罪はないと思い、すっかりその身になって考えたので、この気持を他人にも納得させることができるかのように信じてしまいました。はやすでにこの男のために弁護せずにはいられなくなり、熱烈な雄弁が唇にせまってき、彼は足をはやめて狩猟館へといそぎましたが、その途中も、法官にむかって申立てようと思うことが始めから終《しま》いまでもう小声で口をついてでてきたのです。

部屋に入ってみると、そこにアルベルトが来ていました。このことが彼に一瞬いやな気をおこさせました。しかし、すぐに気をとりなおして、法官にむかって火を吐くような意見をのべたてました。法官はいくどか首をふって、ウェルテルが熱情と生気と真率《しんそつ》をもって、人間が他人の免罪のためにいいうるかぎりのことを開陳したのですが、当然のことながら、そのために心をうごかされることはありませんでした。それどころか、彼はウェルテルにしまいまで口をきかせず、はげしく反駁《はんばく》をして、殺人者をかばうその非を叱責したのです！　彼は論証しました。もしそういうことをいうなら、一切の法文は空《くう》に帰《き》し、国家の安寧《あんねい》はすべて蹂躙《じゅうりん》されてしまう。そしていいそえました。このような事犯においては、それに対する処置はすべて非常な責任を伴っている。一切は法規どおりに所定の順序にしたがって処理されねばならない。

ウェルテルはそれでもなお承服しませんでした。そして、もし誰かがあの男の逃亡を幇助《ほうじょ》することがあったら、それを不問に付していただきたい、とたのんだのです！　法官はこれを斥けました。ついにアルベルトも口をはさんで老人の側に立ったので、ウェルテルはいい負かされました。法官は「いかん。あの男を助けることはできぬ」と二三度断言しました。それで、ウェルテルはおそるべき苦悩を胸にしながら家路につきました。

ウェルテルがどれほどの言葉によって衝撃をうけたかを、彼が書いたものの中の一紙片が証明しています。うたがいもなく、その日のうちに記されたものです。

「おまえを助けることはできぬ、不幸なる者よ！　よく分った。われわれを助けることはできぬ」

捕えられた男についてアルベルトが法官のいる前で最後にいったことが、ウェルテルをはなはだしく傷つけました。その中には自分に対する若干の底意があったと思いこんだのです。そして、すこし考えてみれば、両人の方が正しかろうということが明敏な彼に分らないはずはなかったのですが、ただひたむきに、もしそれを容認し首肯《しゅこう》すると、自己の存在の最奥のものを放棄しなくてはならぬ、と感じたのでした。

このことに関連した一枚が書類の中にあります。これはおそらく、アルベルトに対する彼の全関係を語っているものです。

「彼は立派だ、善良である。このことをくりかえしくりかえして自分に言ってきかせたところで、それが何になろう。ただ内臓をひき裂く思いをするだけだ。私は公正ではありえない」

おだやかな夜で、雪が融《と》けはじめそうな天気でした。それで、ロッテとアルベルトは歩いて帰りました。途中で彼女はときどきふりかえりましたが、それはウェルテルが同伴していないのが気にかかるようなふうにもみえました。アルベルトはウェルテルのことを話しはじめ、公平な態度は持しながらも、非難しました。彼の不幸な情熱にもふれて、なんとか遠ざけることはできないかと相談しました。――「われわれ二人のためにそうしたいと思うのだがね」と彼はいいました、「たのむから、おまえに対する彼の態度に別の方向をとらせるように、あまりたびたび訪ねてこないように、気をつけておくれ。世間がうるさくなるだろうし、もうすでにときどき口の端《は》にものぼっているのだから」――ロッテは黙っていました。これがアルベルトの気に障《さわ》ったらしく、すくなくともこのとき以来、彼は彼女にむかってウェルテルのことは口にしなくなり、ロッテがいいだすと、話をうちきるか、または外《そ》らせるかしました。

不幸な男を救おうとてウェルテルは空しい試みをしたのでしたが、これは消えてゆく燈火の最後に燃えあがった炎でした。これからあと、彼はかえっていよいよふかく懊悩《おうのう》と無為の中に沈んでゆくばかりでした。ことに、犯人が犯行を否認しはじめたので、あるいは反対証人として喚問されるかもしれないときかされたときは、ほとんど正気とは思えないありさまでした。

これまでの実際生活の中で嘗めた一切の不快な事件、公使館での忿懣《ふんまん》、そのほかの失策のくさぐさ、あれこれの屈辱、これらのものが彼の心の中をつぎつぎによぎりました。彼はしみじみと思いました、こうしたことがつもり重なったのだもの、無為に身を委《ゆだ》ねるよりほかには、自分にはしかたがないではないか。俗生活の実務にたずさわるべきいかなる手がかりをも捉えることができないのだから、一切の未来の見込みは断ち切れてしまった。こうして彼は、他人には不可解な感じ方、考え方、はてしない情熱に身をゆだねて、ただ愛するやさしい女性との悲しい交渉のはてしない堂々めぐりをつづけながら、しかもそのひとの平和をかきみだしていました。そして、自分の精力をはげしくかきたてて、目的もなく望みもなくそれを浪費して、じりじりと悲しい破局へと近づいてゆきました。

以下に挿入しようと思ういくつかの手紙は、彼の混乱と情熱、やむことなくやすむことなかったあがき、生の倦怠などを、もっともはっきりと示す証拠でありましょう。

十二月十二日

「愛するウィルヘルム。むかし悪霊に憑《つ》かれてあちこちと引きまわされていると信ぜられた不幸な人々、いまの私の状態はちょうどそれだ。ときどき何者かに襲われる。不安でもない、欲望でもない。——正体の分らない内的の擾乱《じょうらん》だ。それがこの胸をひき裂き、咽《のど》を押えつける！　くるしい！　くるしい！　そういうときには、私は人間に敵意をもつ今の季節の、すさまじい夜の場面の中を、あてどなくさまよいあるく。

昨夜も外に出ずにはいられなかった。にわかに雪融けの天候となり、話によると、大きな川は汜濫し、小さな川は膨れあがって、ヴァールハイムから下手は、私のすきな谷が水に浸っているという！　夜の十一時すぎに馳《は》せつけた。凄《すさ》まじい光景だった。見れば、月光の中を、逆まく潮が渦をなして岩から落ち、畑も牧場も生垣もすべてのものを越えている。ひろい谷は風の音につつまれて、上から下まであらしの海のようだ！　やがて月がふたたびあらわれ出て、黒雲の上にかかった。目の前はるかに潮は凄いほどにかがやかしい反射の光をあげながら、逆まきとどろいている。私は戦慄に襲われた。さらに憧憬《しょうけい》に！　ああ、私は腕をひろげて深淵にむかって立ち、ふかい、ふかい息をした。そして、歓喜のうちに我を忘れた。この苦しみ、この悩みを、怒濤のごとくにはるかかなたへ洗い去り、とどろき去らせるその歓喜！　おお！　――しかも、私は思いきって足を地から離して、一切の悩みをここに終りとすることはできなかった。――私の時計の砂はまだ滾《こぼ》れ落ちつくしてはいない。私はそれを感じる！　おお、ウィルヘルムよ！　かの疾風と共に雲をひき裂き、高潮をつかみえんがためには、私はよろこんで人間存在をすててもよい！　そして、ああ！　この囚《とら》われの身にも、いつかはこの歓喜が与えられる日があるのではないか？

――

さらに、私はこころ傷みながら、かつて暑い日の散歩にロッテと共に柳の木の蔭に憩ったあたりを見おろしたが、――ここもまた水に沈んでいた。柳もほとんど見分けられなかった。ウィルヘルムよ、私はあのひとの牧場は、と思い、あの狩猟館をめぐる一帯の土地は、と考えた。われらのあの四阿《あずまや》は、いまはこの奔流のために見るも無慚《むざん》なありさまだろう！　思いをはせているうちに、さながら囚人が見る家畜の群や牧場や栄職の夢のように、過ぎし日々の太陽の光が私に射してきた。こうしてついに、私はそのままじっと立ちつくしてしまった！ ――どうして自分を責めよう。私には死ぬ勇気はあるのだから。――それならば思いきって――。だのに、いま私はここに坐っている。さながら老婆のように。おもむろに死にゆくよろこびなき命を、なおしばしのあいだ永らえていたわらんがため、他人の垣から薪をあつめ、他人の戸口にパンを乞いつつ」

十二月十四日

「これはどうしたことだ、友よ？ われとわが身をおどろくばかりだ。あのひとに対する私の愛は、聖《きよ》い、けがれない、はらからの愛ではなかったのか？ 罪せらるべき欲望を、いままでに心に感じたことがあったろうか？ ――誓いは立てまい。――それにしても、夢は！ かくも相反する作用を外力のせいとした古人は、まさに正しく感じていたのだ！ この暁に！ 口にするだに身がふるえる。私はロッテを両腕にかきいだいていた。かたく胸におしつけて、愛をささやくあのひとの唇を、かずしれぬ接吻で覆った。私の目はあのひとの酔いしれた目に融けいった！ 神よ、私は罰せらるべきでしょうか。いまもなお、この燃えあがるよろこびをこころをこめて呼びかえして、喜悦に耽るこの私は！ ロッテ！ ロッテ！ 私はもう終った！ 五官は悩乱し、もはや一週間ほども思考の力は喪失し、目には涙があふれている。病気でないところはどこもないが、といって病気なところはどこもない。何も願わず、何も求めぬ。いまや去るべきであるのだろう」

この世を去ろうとする決心は、このころに、このような事情の下に、ウェルテルの心の中でますますかたくなりました。ロッテのところに帰ってきてからは、これがたえず彼の最後の希望であり念願でした。しかし、彼は自分にいいきかせていました、――けっしてはやまった軽はずみなことをしてはならぬ、最善の確信をもって、できるだけ冷静に決断して実行するのだ、と。おそらくウィルヘルムにあてて書きだした手紙らしいものが、日付けもなく書類の中に交っていますが、それには彼の懐疑や自己分裂の葛藤がうかがえます。

「あのひとが生きている。その運命を享《う》けている。そして、私の運命に共感してくれる。これらのことが、私の燬《や》けた脳髄から最後の涙をしぼりだす。帳《とばり》をかかげて、その中に入ること！　これで事は終るではないか！　それだのに、この狐疑逡巡《こぎしゅんじゅん》はなんということだろう？　その奥のありさまを知りがたいからか？　そこから戻ってくることができないからか？　はっきりしたことが分らないところには混乱と闇黒を想定する、これがわれら人間の精神の本性であるらしい」

ついに彼は自殺という悲しい観念にますます慣れ、ますますしたしみ、決意はかたく翻しえぬものとなりました。ここに二重の意味を含んだ一通の手紙がありますが、これはウィルヘルムにあてたもので、這般《しゃはん》の消息を立証しています。

十二月二十日

「あの言葉をそのようにとってくれて、ウィルヘルム、君の愛情に感謝する。たしかに、君のいうとおりだ。いまや去るべきであるのだろう。だが、君たちのところに帰ってこいという提案は、すぐそのままにはきけないね。すこし廻り道をしたいと思っているし、これからは寒さがずっとつづいて道もいいだろう。君が迎えに来ようといってくれるのは、じつにうれしい。だが、もう二週間だけ猶予してくれたまえ。そして、その間のことをもう一通手紙に書くから、それを待ってくれたまえ。なにごとも熟しきらぬうちに摘んではいけないからね。二週間の前後は大きなちがいだよ。母には伝えてくれたまえ、どうか息子のために祈ってやってくれと。それから、いろいろと困らせたことはどうか赦してくださいといっていると。よろこばせてやるべき人を悲しませるのが、私の運命だった。さようなら、親愛なる友よ！　天のあらゆる祝福が君の上にあらんことを。さようなら！」

このころのロッテの気持は？　夫に対する感情は？　不幸な友に対するこのひとの感情は？　それを言葉でいいあらわすだけの自信はないのです。とはいうものの、この女性の性格をしっているわれわれとしてみれば、それらのことについてひそやかながらある推測はできるし、やさしい魂の持主の女性なら、ロッテの身になっても考え、ロッテと共に感じることもできましょう。

これだけのことは確かでした。彼女はウェルテルを遠ざけるためには、できるだけのことをしようと心にきめていました。ときにためらったのは、心をこめたやさしいいたわりからでした。

そんなことをしたらウェルテルにとってはどんなにつらいか、ほとんど生きてはゆけないということが、分っていたのです。それでも、このころとなっては、断乎たる態度をとる必要にせまられていました。この関係については、夫はまったく沈黙していました。彼女も何も口にしませんでした。それだけにいよいよ、ロッテは自分の性根が夫のそれに比して恥しくないものだということを、実行によって立証する気にならざるをえませんでした。

最後に引用した手紙をウェルテルが友にあてて書いたのは、ちょうどクリスマスの前の日曜日でしたが、彼はその晩にロッテの家に行きました。ロッテはひとりでした。ちいさな弟や妹たちへのクリスマスの贈物にしようとて、ちょうど玩具を整理しているところでした。ウェルテルは、子供たちがどんなによろこぶでしょうといい、また、むかし不意に扉がひらかれると、蠟燭《ろうそく》や菓子や林檎《りんご》で飾りたてた木があらわれて、それを見て、天国にでも入ったように有頂天《うちょうてん》になったことなどを話しました。——ロッテは心中の当惑を愛らしい微笑につつみながら、いいました。「あなたもお貰《もら》いになれますわ。おりこうにしていらっしゃればね。巻き蠟燭と、そのほかいいもの」——「おりこうにする、って？」と彼は叫びました、「どうすればいいのです？　どうしろとおっしゃるのです？　ロッテ」——「木曜日がクリスマスの前の晩ですから」とロッテはいいました、「子供たちがまいります。わたくしの父もまいります。みなにそれぞれ贈物をあげます。あなたもそのときにいらっしゃいませ。でも、それまではいけませんわ」ウェルテルははっとしました。「ほんとうにおねがい。しかたがございませんわ。わたくしの苦しみをたすけるとお思いになって。このままではもう、このままではほんとうにもう、いけませんわ。」——ウェルテルはロッテから目をそむけ、部屋のなかをゆきつもどりつし、歯のあいだで呟《つぶや》きました、「このままではもういけない！」この言葉が彼をどんなおそろしい状態に陥しいれたか、ロッテはそれに気がついて、あれこれのことを訊《たず》ねて、ウェルテルの気を外《そ》らそうとしました。けれどももうだめでした。――「わかりました、ロッテ」と彼は叫びました、「もう二度とお目にかからないことにします！」――「あら、なぜですの？」と彼女は答えました、「ウェルテル、また会ってくださっていいのですとも。会ってくださらなくてはいけませんわ。ただ、ご自分を抑えてくださいまし。そんなにも激しく、矢も楯《たて》もたまらずに、一度こうと思いこんだものに執着なさるその情熱。ああ、生れついたご気象ですのねえ！　ほんとうにおねがいです」といいつづけながら、ロッテは彼の手をとりました。「ご自分を抑えてくださいまし！　それほどの精神、それほどの学問も天分もおもちなのですもの、これからどんなに楽しいことだっておありですわ。男らしくなさってね！　わたくしなどを悲しくお慕いにならないで。お気の毒に思うほかに、わたくしに何ができましょう」――ウェルテルは歯ぎしりをして、ロッテをじっと陰鬱《いんうつ》に見つめました。彼女は彼の手をとったまま、いいました。「ほんのしばらくのあいだしずかに考えてくださいまし、ウェルテル。あなたはご自分を欺き、われとわが身をほろぼそうとしていらっしゃるのです。それがおわかりになりませんの？　どうしてわたくしを、ウェルテル、よりによってこのわたくしを？　ひとのものですのに。そんな気さえしますのよ、わたくしをご自分のものにすることができない、それがかえってあなたの望みをそそってつのらせているのではないかしら」――彼は自分の手をロッテの手からひき離して、じっと目を据えて、腹だたしげに相手をみつめました。

――「お上手です！　なかなかお上手です！」と彼は叫びました、「そういうせりふはアルベルトが教えたのですね？　芝居だ。大芝居だ！」――ロッテは応じました、「いいえ、誰でもそう申すにちがいありません。ひろい世界に、あなたのほんとうのお気持をみたしてくれる娘さんがいないはずがありましょうか？　その気におなりなさいまし。さがしてごらんなさいまし。かならずみつかります。あなたのためにも、わたくしたちのためにも、前から心配でなりませんでした。そんなに、せまくせまくと思いつめて、ご自分を呪縛《じゅばく》してしまっておいでになるのですもの。うちかってくださいまし！　旅行をなされば、たぶん、いいえきっと、お気が晴れます。おさがしになって、あなたの愛にふさわしい方を見つけて、帰っていらっしゃいまし。そうして、みなで一緒に、ほんとうの友情の幸福をたのしみましょう」

「これはこれはどうも」とウェルテルは冷たく笑いながらいいました、「印刷にしておくといいですな。そして、ほうぼうの家庭教師にくばるのですな。ロッテ！　おねがいいたします、もうすこしのあいだ私をうっちゃっておいてください。そうすれば万事かたづきます！」――「でもね、ウェルテル、クリスマスまではいらっしゃらないでね」――彼はこれに答えようとしました。そのときにアルベルトが部屋に入ってきました。二人は凍りついたような挨拶を交わし、ばつわるく並んで部屋の中を行ったり来たりしました。ウェルテルがさりげない話をはじめましたが、それもまもなく尽きてしまい、アルベルトも同様でした。それから、彼は頼んでおいた用事のことを妻にたずねましたが、まだ済ましてないということをきくと、ロッテに二言三言いいました。その言葉がウェルテルの耳にはひややかに、むごくさえ聞えたのです。彼は別れをつげて去ろうと思いながら、それがなかなかできず、ぐずぐずしているうちに八時になりました。胸の中の不快不満はますばかり。ついに、食卓の用意ができたとき、彼は帽子と杖をとりました。アルベルトはひきとめたのでしたが、それも空世辞《からせじ》とばかりききなして、素気《すげ》なく辞退してたち去りました。

ウェルテルは家にかえりました。足下を照らそうとする若い従僕の手から燭火をとって、ひとりで部屋に入り、声をたてて泣きました。それから、興奮してひとりごとをいい、いらいらと部屋の中をゆきつもどりつし、とうとう着たままで寝台に身を投げかけました。十一時ごろになって、従僕がおそるおそる部屋に入って、靴をお脱がせしましょうかときいたときも、まだもとのままの姿でした。ウェルテルは従僕のするがままにさせて靴を脱がせてもらい、翌朝はこちらから呼ぶまでは部屋に入ってきてはいけない、と禁じました。

十二月二十一日、月曜日の早朝、ウェルテルはロッテにあててつぎのような手紙をしたためました。これは彼の死後に封印をしたまま机の上に発見されたもので、ロッテに届けられました。それをここに断片のまま掲げます。なるべく、前後の事情からウェルテルが書いたと察せられる順にしたがって。

「きまりました、ロッテ、私は死にます。あなたを見るのもこれかぎりの日の朝に、あなたにあてて、なんの感傷的な誇張もなく、平静に書いています。あなたがこの文字を読むころには、なつかしいロッテよ、この不安な不幸な人間の硬い屍《しかばね》を、すでにはや冷たい墓が覆っているでしょう。これこそは、そのありし日の名残りのひとときにも、あなたと語らうよりも愉しいことをしらなかった者なのです。私はおそろしい一夜をすごしました。が、それは、ああ、めぐみぶかい一夜でもありました。そのあいだに、死のうという決心がきまり、かたまったのですから。昨日ははげしい激昂《げっこう》のうちに身をふりきって、あなたから別れました。あれこれのことが心に押しよせてきて、あなたの傍にいながら希望もなくよろこびもなかった我身のことを思うと、つめたい戦慄をおぼえました。——私はようやく自分の部屋にたどりつき、われともなく跪《ひざまず》きました。おお、神よ、あなたが私にあたえてくださった最後の慰めは苦《にが》い涙でした！　さまざまの計画、かずかぎりない希望が、心のなかを荒れくるいました。そしてついに、最後の唯一の考えがしっかりと、ゆるぎなく、確立しました。自分は死のう！——それから私は身を横たえました。夜が明けて、目醒めたときのしずかな気持のうちにも、決心はかたくしっかりと胸にありました。自分は死のう！　これは絶望ではありません。確信です。自分は堪えぬいてきた、そしてあなたのために犠牲になる、その安心です。ロッテ！　このことを黙っていなくてはならぬことはありますまい！　われわれ三人のうちの一人が去らなくてはならないのです。私がその一人になろう、と思うのです！　おお、なつかしいロッテ！　この引き裂かれた心のなかを、しばしば狂乱して徘徊《はいかい》した考えがありました。——殺そう、というのです。あなたの夫を——あなたを——私を！——だからもうやむをえない！——あなたが美しい夏の夕べ、丘の頂きに立ったときには、どうか私のことを、私もよくその谷を上ってきたことを、思いだしてください。それから、落日の影のさなかに風の吹くままに高い草がゆらぐあたり、墓地をながめて、私の墓の方を見はるかしてください。――書きはじめたときには落ちついていたのですが、いまは、いまは、子供のように泣いています。こうしたことがすべてまざまざと、目のあたりに見えてくるものですから――」

十時ごろに、ウェルテルは従僕をよびました。そうして、服を着ながら、二三日のうちに旅行にでるから、服にブラッシをかけて、すべて荷造りができるように整理しておけ、といいつけました。それからまた命じました。払いがすんでいないところからは、みな勘定書をもらってきてくれ。貸してある幾冊かの本をとってきてくれ。これまで毎週いくらかずつ恵んでやることにしていた貧しい人たちに、二月分を先払いしてやってくれ。

食事を部屋にもってこさせて、その後で馬にのってロッテの父を訪ねましたが、ちょうど留守でした。ウェルテルは思いに耽《ふけ》って、庭を行きつかえりつしました。これを最後に、回想の悲哀を心のなかに積みかさねようとしているかのようでした。

小さい者たちは彼をながく静かにしてはおきませんでした。追いかけ、とびつき、話をしました。あした、そのあした、そのもう一日あしたになったら、ロッテからクリスマスの贈物をもらうのだ、と語り、小さな空想力が期待しうるかぎりのさまざまの奇蹟を描きだしました。――「あした、そのあした、そのもう一日あした！」とウェルテルは叫んで、子供たちをみな心をこめて接吻しました。そうして立ち去りかけると、小さな男の子がまだ何か囁《ささや》こうとしました。この子が内証でうちあけてくれたところによると、兄さんたちがきれいな年賀状をかいた。それはこんなに大きいんだよ！　一枚はパパに、それからアルベルトとロッテに一枚、もう一枚はウェルテルさんに。兄さんたちはこれを元日の朝にさしあげるつもりでいるんだよ、というのでした。これにはウェルテルもうちのめされたような気がしました。彼はひとりひとりに幾らかずつ小遣いをやって、馬にのり、老人によろしくといいおいて、目に涙をたたえて馳《は》せ去りました。

五時ごろに家につきました。女中に、煖炉を見て夜更けまで火を保《も》たしておくようにと命じ、従僕には、階下で書物や下着をトランクに入れ、衣類を旅行袋に縫いこめるようにといいつけました。おそらくそれから、ロッテにあてた最後の手紙のつぎの断片を書いたらしいのです。

「あなたはもう私が来るとは思っていませんね。私がおりこうにいうことをきいて、クリスマスの前の晩になってはじめて姿をあらわす、と思っているのでしょうね。おお、ロッテ！　今日か、しからずんば永遠に会わないか！　クリスマスの前の晩には、あなたはこの手紙を手にとり、身もうち顫《ふる》えて、これをやさしい涙で濡らすでしょう。私は死にます。死なないわけにはいきません。こう心がきまって、らくな気持です」

一方、ロッテは異様な気持にひき入れられました。ウェルテルとあのような話をして別れた後になると、彼と別れるのが自分にもどんなにつらいか、自分と離れたとき彼がどんなに苦しむか、それが身にしみて感じられました。

ウェルテルがクリスマスの前の晩まではもう来ないということは、アルベルトがいる場でそれとなくいってありました。そして、アルベルトは片づけなくてはならない仕事ができたので、近在の役人の家まで馬に乗って行き、そこに一泊してくることになりました。

ロッテはひとりで坐っていました。弟も妹もそばにいませんでした。彼女はしずかに思いに耽って、自分の境遇のことをあれこれと考えめぐらしました。思えば思うほど、この身は夫と永遠に結びつけられています。夫の愛と実意はよく分っており、自分も心から夫を慕っています。この人の落着いた頼もしさは、善良な妻が生涯の幸福をその上に築きあげるようにと、まさに天から定められたものと思われるほどです。自分にとっても、小さい者たちにとっても、このさきどれほど頼りになることでしょう。しかし他方に、ウェルテルも彼女にとってなくてはならぬ人となっていました。知りあった最初の瞬間から、たがいの気持はうつくしい一致を見せ、やがて交際はながくつづいてさまざまの境涯を共に体験したこととて、もう拭うことのできない印象をロッテの心に刻んでいました。およそ何事でも興味をもって感じたり考えたりすることがあれば、それを彼と分ちあうのが習いとなっていました。彼がいなくなれば自分の心の底にはうつろができて、もうふたたび充たされそうにもありません。ああ、いまにもこの人を自分の兄弟にしてしまうことができたら、どんなに幸せでしょう！　そうです、もし彼を自分の女の友だちの誰かと結婚させることができたら、ウェルテルとアルベルトとの仲をも前のとおりに恢復《かいふく》することが望めるかもしれません！

彼女は自分の知りあいをひとりひとり考えてみました。しかし、だれにもどこかに難があって、ウェルテルを渡したいと思うような女はありませんでした。

あれこれと思いめぐらしているうちに、自分ではっきりと意識したわけではなかったのですが、ロッテは衷心において感じました。ほんとうの心の底のひそやかな願いは、やっぱりウェルテルを自分のためにとっておきたいのでした。それでありながら自分にはいってきかせました。そんなことはできないし、すべきことでもない。ロッテの心はけがれなくうつくしく、いつも軽やかで何事にもこだわることはないのに、いまは憂鬱のためにおさえつけられ、どこを見ても先の光明は遮《さえぎ》られていました。胸は締めつけられ、瞳はにごった雲にかげっていました。

こうして六時半になったころ、階段を昇ってくるウェルテルらしい気配がして、やがて足音が、それから彼女のことをたずねるその声音《こわね》が聞きわけられました。彼女の胸はひどく動悸《どうき》をうちました。ウェルテルを迎えてこれほど胸騒ぎがしたのは、これがはじめてだったでしょう。いないからと断らせたく思いました。それで、彼が入ってきたときには、ロッテはとり乱して激した調子で叫びました。「お約束をまもってはくださいませんの！」――「なにもお約束はしませんでした」――「それなら、せめてわたくしのお願いをきいてはいただけませんでしたの。両方ともに苦しまないですむようにと、あれほどお願いしましたのに」

自分でも何をいっているのか、何をしているのか、よくは分りませんでした。分らないままに、ロッテはウェルテルと二人きりでいないですむようにと、幾人かの女の友だちに使いをだしました。ウェルテルは持ってきた二三冊の本をおいて、ほかの本はないかとたずねました。彼女は、友だちが来てくれればいいがとも思い、来てくれなければいいがとも思いました。女中がもどってきて、二人とも参れませんという返事をつたえました。

彼女は女中を隣の部屋にいさせて、仕事をしていてもらおうとしました。が、それもやめました。ウェルテルは部屋の中をいったりきたりしています。彼女はピアノにむかって、メヌエットを弾きはじめましたが、つかえがちでした。それから気をとりなおして、わざと落ちついて、いつものように長椅子に坐っているウェルテルのそばに腰をおろしました。

「お読みになるものがありませんの？」とロッテはききました。――なにもありませんでした。――「あのわたくしの抽斗《ひきだし》の中に」とロッテはいいました、「オシアンの歌が入っています。あなたが翻訳なさった幾章かですわ。わたくしはまだ読んでおりません。いつかあなたに朗読して聞かせていただきたい、と思っておりましたの。でも、いままでその折りもなく、つくりもいたしませんでしたわね。」――ウェルテルは微笑して、その歌稿をとりだしました。それを手にしたとき、ある戦慄が身を走りました。それをひろげてじっと眺め入ったとき、瞳は涙にうるおいました。ウェルテルは腰をおろして、朗読しはじめました。

「たそがれてゆく夜の星よ*、なんじはうつくしく西にきらめき、雲間にかがやくこうべをもたげ、おごそかに丘の上をさすらいゆく。そも何を求めようとて、曠野をばみはるかすぞ？　あらしはしずまり、遠くよりは小川の呟《つぶや》きがきこえ、さわだつ波が岩にたわむれ、夕べの虫は野の面に唸《うな》りむらがっている。うつくしい光よ、何を求めているのか？　波は、笑《え》まいつつ移りゆくなんじをたのしげにとり繞《ま》き、なんじのやさしい髪を洗っている。さらば、しずかな光よ。――いざ、あらわれよ、わが魂のきらびやかな輝き！

あらわれいでるこの壮観よ！　亡き友らはふたたび出できたって、ありし日のごとくにローラの野に集う。――フィンガルは霧の柱のごとくに歩んで、しりえにもののふたちを従えている。みよ！　伶人《れいじん》たちがいる。白髪のウリン、ますらおのリノ、愛らしいうたびとのアルピン！　さらに、おんみ、やさしく嘆くミノナ！　――おんみらなつかしの友らよ、かの華かなゼルマの祭り日のこのかた、その姿の変りはてたことよ。かの日には、さながら春の風が丘を吹いてかそけく咡《ささや》く草を靡《なび》かせるがごとくに、われらも歌の誉れのために競ったのであったものを。

ミノナはうるわしい姿にすすみいでた。伏した眼には涙あふれ、丘より吹きおろすさだめなき風にゆられて、髪は重くながれている。――そのやさしい声のあがるにつれて、勇士たちの心は愁いにふさぐ。かれらはあまたたびザルガルの墓をおとない、膚《はだえ》白いコルマの暗い家を見たのであったから。声うるわしいコルマは丘の上に棄てられ、ザルガルはきたるときを約しながら、ついに夜があたりを覆った。きけ、丘の上にひとり坐るコルマの声を。

コ　ル　マ

夜はきた！　――われはひとり嵐の丘にいる。風は並《な》み立つ山の中にさけび、流れは岩をたぎり落ちる。嵐の丘の上にいて、棄てられたわれを雨からまもる小屋とてもない。

おお、月よ、雲間よりあらわれよ！　夜の星よ、きらめきいでよ！　光さしいでて、わが恋うるひとが狩の疲れを休めいるところへ、導け。かのきみの身のかたえに、弓は弦をはなれて横たい、犬は鼻をならしているであろうに。われはここに、木に覆われた川の岩に、ひとり坐る。川は鳴り、あらしは叫ぶ。されど、わが恋うるひとの声はきこえぬ。

ザルガルはなにゆえにためらっているのであろう？　誓いを忘れたのであろうか？——岩と木はかしこに、はた、さわだつ川はここに。夜となれば来ることを誓ったものを。ああ、わがザルガルはいずくに迷っているのであろう？　こころ傲《おご》る父もはらからも棄てて、きみとのがれゆくをねがったものを！　われらの眷族《けんぞく》こそはひさしい敵ではあるにもせよ、われらは、おおザルガル、仇ではないものを！

しばし黙せよ、風！　しばししずまれ、川！　わが声が谷にひびいて、さすらう人にきこえんがため。ザルガル、われはここにいて呼ぶ！　木も岩もここに！　ザルガル！　恋しい人よ！　われはここにいる！　なにゆえにためらうぞ？

みよ、月はさしいでた。谷に川はかがやき、岩は空にむかって灰色にそびえる。しかも、かのひとの姿はいずくの頂きにも見えず、馳せ来《きた》って先触れする犬もあらわれぬ。われはここにひとり坐る。

あな、かなたの荒野に横たわる、あの姿は？——恋人か？　兄か？——語れ、親しき者たちよ！　いらえの声のないままに、わが魂のおびえることよ！——あな、この二人はもはや息が絶えている！　その剣は血にまみれて赤い！　兄よ、兄よ、なにとてわがザルガルを殺したもうたぞ？　おお、ザルガル、なにとてわが兄を殺したもうたぞ？　わがいとしきこの二人が！　兄は丘にいて数千の人のあいだにとりわけて美しく、恋人は戦いに猛きもののふであったのに！　答えよ！　わが声をきけ、いとしき人々！　ああ、二人ともにはや声はない。とこしなえに声はない！　その胸はつめたく、土にひとしい！

おお、丘の岩より、あらし吹く山の頂きより、語れ、死者の霊たちよ！　語れ、わがこころのなにしに怯《おび》えようぞ！　――おんみらは憩いを求めていずくに去ったのか？　山並みのいずくの洞に、おんみらは棲《す》まうのか！　――風に伝うかすかな声もなく、丘のあらしにただよう答えのひびきも谺《こだま》せぬ。

悩みつつここに坐って、涙してわが朝を待つ。墓を掘れ、死者の友らよ。わが行くまで、それを閉すなかれよ。夢のごとく消えゆくわが生のゆえに、わがひとりのこることはよもなければ。われは友らとここに、なりひびく岩の流れのほとりに住む。――丘の上に夜きたって、風が荒野をわたるとき、わが霊は風の中に立って、したしき者の死を悼《いた》む。猟夫《さつお》らは小屋にいてわが歌をきき、こころおののきつつわが声を愛するであろう。親しき者たちを悼むわが声は甘く、かれら二人のいとしかりしことよ！――

おお、ミノナ、頬染めしドルマンのやさしき娘、おんみはかく歌った。われらはコルマのために涙し、心は塞がった。

ウリンは竪琴をいだいてあらわれ、アルピンの歌をきかせた。――ありし日にアルピンの声はたのしく、リノの心は火焰にていた。いまかれらは共に狭き墓に憩って、その声はゼルマに谺《こだま》し絶えた。かつていまだもののふたちが世にあったとき、ウリンは狩からたちかえり、丘の上にこの二人が競い歌う声をきいた。そのうたはやさしく、悲しく、もののふのうちの一人者、モラルの死をなげいた。この人の魂はフィンガルの魂のごとく、その剣はオスカルの剣にひとしかった。されど彼は仆《たお》れた。その父は嘆き、妹の、猛きモラルの妹ミノナの目は涙にあふれた。――ウリンのうたごえがはじまるや、ミノナはしりぞいたが、そのさまは、やがてきたらん嵐の雨をしって、西の月がやさしいかんばせを雲にかくすに似ていた。――われオシアンはウリンの悲歌に合せて竪琴をかなでた。

リ　ノ

風はなぎ、雨はすぎ、昼はあかるく、雲はあらけゆく。いそぎ去りつつ、太陽は影もまだらに丘を照らす。山の川はくれないに染まって、谷をながれゆく。川よ、なんじのささめきはやさしいが、わが聞く声はさらにやさしい。そは死者を悼むアルピンの声である。彼の首は齢のために垂れ、目は涙にあかい。アルピンよ！　たぐいなき伶人よ！　いかなればただひとり黙せる丘の上にいるぞ？　いかなればおんみは嘆きうっとうるぞ？　さながら森の風のごとく、はるけき荒磯《ありそ》の波のごとく。

アルピン

わが涙は、リノよ、死者のためにそそぎ、わが声は墓に棲《す》む者のためにあがる。おんみの姿は丘に立ってやさしく、荒野の子らのあいだにうつくしい。さはあれ、やがておんみもモラルのごとくに仆れ、墓の上には哭《な》く者が坐るであろう。やがて丘もおんみを忘れ、弓は弦を失って広間にかけられるであろう。

おお、モラル、おんみは丘の鹿のごとくはやく、空に立つ夜の火のごとくに猛かった。おんみの怒りはあらしにて、戦いの剣は荒野をはしる稲妻、声は雨のあとの森の瀬か、遠き丘にとどろく雷にひとしかった。おんみの腕の下に無数の者が仆れ、いかりの炎はそを焼いた。さるを、戦いより帰るとき、おんみの額のいかに柔らいだことよ！　顔はあらしのあとの太陽か、音なき夜の月ににて、胸は凪《な》ぎやんだ湖ににていた。

いま、なんじの家の狭きことよ！　なんじの室のくらきことよ！　墓は歩んで三歩がほど、おお、なんじ、かつての巨人よ！　そのただ一つのかたみとては、苔をいただく四つの石。猟夫の目にたけきモラルの奥津城《おくつき》を示すは、落葉した一もとの木、風にそよぐ高い草。母は哭かず、乙女は愛の涙をそそがぬ。なんじを生んだひとは死に、モルグランの娘は戦いに仆れた。

かの杖つける人はたれであろうぞ？　頭は老いて白く、目は涙にあかい、かの人は？　モラルよ、おんみの父である！　おんみをおいて、どの息子の父であろうぞ！　彼はおんみの戦いのいさおしをきき、敵を追うたをきいた。彼はモラルの誉れをきいたが、ああ、その傷をきかなかった。泣け、モラルの父、泣け！　ただ、おんみの息子はおんみの泣く声をきかぬ。死者の眠りはふかく、その埃りの褥《しとね》はひくく、この世の人の声に耳かたむけず、おんみの叫びによっては目醒めいでぬ。おお、いつの日か墓の中に朝あけきたって、まどろめる者に『醒めよ』と告げよう！

さらば！　おんみ戦場の征服者、人間のうちのもっとも高貴なる者！　もはや戦場はおんみを見ることなく、暗き森はその剣のかがやきに照らされることはない！　よしおんみが遺《のこ》した男の子はあらずとも、われらの歌はその名をとどめるであろう。後の世はおんみについて、戦って死んだモラルについて、聞くであろう。――

　これをきいて、雄《た》けき者らは悲しみの声をあげた。なかにもアルミンは、ひときわ胸はりさける嘆息をついた。若くして死んだおのが息子の死を思いいでたのである。老いたるこの勇士のかたえに、音にたかきガルマルの領主カルモルが坐って、かくいった。『いかなればアルミンはかくも嗚咽《おえつ》にむせぶのであるか？　泣くべきことがあろうか？　歌はひびき、調べはととのい、心をたのしめているではないか？　その声は柔かい霧にさも似て、湖よりたちのぼり谷にそそいで、露は咲く花をばみたす。やがて、陽はふたたびあかるく照らして、霧ははれさる。何とてさは悲しむぞ、アルミン、湖をめぐらすゴルマの地の主よ！』

　悲しむ、とよ？　げに、わが悩みはかりそめではない。――カルモルよ、おんみはいまだ息子を失わず、花さく娘を失わぬ。雄々しいコルガルは生き、みめよきアンニラは生きている。おお、カルモル、おんみの一族の枝葉は繁っている。さるを、このアルミンはわが幹の最後の者である。おお、ダウラ、なんじの臥床《ふしど》は暗く、なんじは墓にいてうまいせぬ。――いつの日か、節どりやさしき声をしてうたいつつ、また目醒むることぞ？　たて、秋風、たて！　くらき荒野を吹きくるえよ。森の川はひびきあげよ。あらしは樫の梢に咆《ほ》えよ！　おお月、散《あ》らけた雲のなかをわたりゆけ、なんじの蒼《あお》き面輪《おもわ》をかくしてはあらわせよ！　わが子らの死んだかのおそろしき夜を、われに思い出《い》ださしめよ。たけきアリンダルが戦い死に、やさしきダウラが息絶えた、あの夜を。

　わが娘のダウラはうつくしかった！　フラの丘にかかる月のごとくあえかに、降る雪よりも白く、そよ風に似て甘かった。わが息《そく》のアリンダルの弓はつよく、槍ははやく、まなざしは波の上の霧のごとく、楯はあらしの中の火の雲に似た！

戦さに名をえたアルマルはきたって、ダウラの愛を求めた。そをひさしくは拒みえず、友らがかけた行手の望みはたのしかった。

アルマルに兄を討たれて、オドガルの息エラトは怨恨をいだいていた。身を舟夫《かこ》にやつしてきたり、その小舟は波のまにまにうつくしく、捲き毛は老いて白く、面持《おも》ちはいかめしくもしずかに、いった、『うつくしき乙女よ、アルミンのやさしき娘よ、とおからぬ海の中、かしこの岩のほとりの紅い木の実のかがやくところに、アルマルはなんじを待っている。われはさかまく海を越え、アルマルの恋人を運ばんとてきた』

ダウラはエラトにしたがい行き、アルマルを呼んだ。答うるものとては群がる岩の声ばかり。『アルマル！　恋しきひとよ！　わがこころのおびえることよ！　きけ、アルナトの息、きけ。ダウラがここに、おんみを呼ぶ！』

裏切り者のエラトはあざ笑いつつ陸にのがれた。ダウラは声をあげて、父をよび、兄をよんだ。『アリンダル！　アルミン！　ダウラを救いたまえ！』

その声は海を越えた。わが子アリンダルは狩の獲物にこころ気負って丘を下った。矢は腰に鳴り、弓は手に、五匹の灰色の猟犬はそのまわりを馳せめぐった。不敵なエラトが岸にいるのを見いでて、とらえて、樫に縛り、その腰をきびしくいましめた。とらわれたエラトの呻《うめ》き声は風をみたした。

ダウラを連れもどさんとて、アリンダルは小舟をあやつって波の上を漕ぎいでた。このときにアルマルが来た。彼は怒《いか》って、灰色の羽ある矢を射た。矢は鳴って、おおアリンダル、わが子よ、なんじの胸につき立った。仆《たお》れたは裏切り者のエラトにはあらで、なんじであった。小舟は岩にただよいつき、アリンダルはくずおれ、死んだ。妹の足の下に、兄の血はながれた。このときのなんじの嘆きよ、おおダウラ！

波は舟を砕いた。ダウラを救うか、わが身が死ぬかと、アルマルは海にとびいった。丘より一陣のはやてが波に吹きいり、彼は沈んで、ふたたび浮かばなかった。

波に洗われる岩の上に、われはわが娘がうったえる声をきいた。くりかえす高きその叫びにも、父の身のわれは娘を救うをえなかった。夜もすがら汀《みぎわ》に立って、かすかな月の光の下に娘の姿をみとめた。叫びは暁まできこえた。風はすさまじく、雨は山の肌をきびしくうった。ダウラの声は夜あける前に弱み、やがて岩のあいだの草にきゆる夕風のごとくに絶えた。悲しみにたえかねてダウラは死に、ひとりこのアルミンはのこった！　いくさに猛きわが力は失せ、むかし乙女らにたたえられしわが誇りも去った！

山の嵐の吹きいるとき、北風に波たかくあがるとき、われはどよめく海辺に坐り、かのおそろしき岩を見はるかす。沈みゆく月あかりの中にわが子らの霊の映ることもしばしばに、かれらかなしくも睦《むつ》びあいつつ、なかばあらわれなかば消えて、さまよいゆく」

ロッテの目からはせきあえぬ涙があふれて、締めつけられた胸をようやくはらすかと思われ、ためにウェルテルの朗読もとだえました。彼は訳稿をすてて、彼女の手をとって、にがい涙を濺《そそ》ぎました。ロッテはのこった片手に面を伏せて、ハンカチで目を覆いました。ふたりははげしい感動にうごかされ、高貴な人々の運命のうちに自分の身のくるしさを味わい、それを共に感じたのです。ふたりの涙は融けあいました。ウェルテルの唇と目は、ロッテの腕の中で燃えました。ロッテは身を慄《ふる》わせました。体をひきはなそうとしたのですが、苦痛と同情とが彼女の五官をしびらせて、鉛のようにおさえつけていました。彼女は気をとりなおすためにほっと息をついて、すすり泣きながら先を読みつづけるようにとたのみました。その切ない声は、この世ならぬ天からきこえてくるかのようでした。ウェルテルは顫《ふる》え、心臓ははりさけんばかりでした。彼は草稿を手にとって、声を曇らせて読みつづけました。

「なにゆえにわれを呼び醒ますのか、春の風よ！　そよぎきたって、媚びていう、われは天国の雫もてうるおす！　と。さるを、わが凋落《ちょうらく》のときはちかく、わが葉を吹きちらす嵐はせまった。明日、さすらい人はきたるであろう。かつて華やかなりし日のわが姿を見た人はきて、野のここにかしこにわれを求めるであろう。求めて、われを見いでぬであろう――」

歌のもつはげしい力が不幸なウェルテルに襲いかかりました。胸は絶望にみちて、彼はロッテのまえに跪《ひざまず》き、その両手をとらえ、目にあて額におしつけました。ロッテの心の中を、このひとは何かおそろしいことをしはじめるかもしれない、という考えがちらとかすめたようでした。彼女の五官はかきみだされ、相手の両手を握りしめて自分の胸におしあて、悲しげな身ごなしをしてウェルテルのほうに身を屈めました。二人の燃えるような頬が触れあい、あたりの世界は消え失せました。彼は腕をまわして彼女をひしと抱きしめ、顫えながら口ごもっているその唇をものぐるおしい接吻で覆いました。――「ウェルテル！」とロッテは面をそむけながら息づまる声で叫びました、「ウェルテル！」――そして、力ない手でその胸を自分の胸からおしのけました。――それから、ロッテは落ちついた調子でけだかい感情をこめて叫びました、「ウェルテル！」――彼はさからわずに、彼女を腕からはなし、正気を失ったようにその前に身を伏しました。ロッテは身をふりほどいて立ちあがり、混乱と不安におびえ、愛と怒りのあいだに顫えながら、いいました。「これが最後ですわ、ウェルテル！　もうおめにはかかりません」――こういってから彼女は、あわれなウェルテルに想いのこもったまなざしをむけて、隣室に駈《か》け入って、扉をしめました。ウェルテルはその後に腕をさしのべましたが、それでももう捉えようとはしませんでした。彼は長椅子に頭を凭《もた》せかけたまま床に仆《たお》れて、そのままの姿で半時間ほどもうごかないでいましたが、やがて物音がしたのでわれにかえりました。女中が食卓の用意をしにきたのでした。それから部屋の中をあちらに行ったりこちらに来たりしていましたが、女中がいなくなると、隣の小部屋の扉のところに歩みよって、ひくい声で呼びました。「ロッテ！　ロッテ！　もう一言だけ。さようなら、を！」――返事はありませんでした。彼は待ちました。それから哀願して、また待ちました。ウェルテルはとうとうしまいに身を翻して扉から離れて、叫びました。「さようなら、ロッテ！　永遠にさようなら！」

彼は歩いて町の城門のところに来ました。門番は前から彼の癖を知っているので、黙って門から出してくれました。雪まじりの雨の中を、やっと十一時ごろになって、彼は自分の家の扉をたたきました。召使いはウェルテルが帽子をなくしているのに気がつきました。しかし、ものをいいかけることもはばかられ、そのまま主人の服をぬがせたのですが、何もかもすっかり濡れていました。後になってからその帽子は、谷を見下ろす丘の崖の岩の上で発見されました。あのように暗い濡れた夜に、どうして落ちもしないであそこまで登れたものか、不可解なことです。ウェルテルは寝床に横になって、ながいこと眠りました。翌朝になって、召使いが呼ばれてコーヒーをもっていったときには、書きものをしていました。ロッテにあてた手紙の、次のところを書いていたのです。

「このように目が醒めて眼《まなこ》をひらくのもいよいよこれが最後です。霧がかかって濁った空を蔽っているので、私が太陽を見ることは、ああ！　もう二度とはありません。自然よ、おまえの子であり、友であり、恋人であった者が終焉《しゅうえん》にちかづいているのだもの、かなしんでくれ！　ロッテ、こう思うのは何に比《たぐ》えようもない気持です。これがおまえの最後の朝だぞ、と自分にいってきかせるのは、まどろみの中の暗い夢の心地に似ています。最後の朝！　ロッテよ、私にはこの『最後の』という言葉がどうも切実に感ぜられません。いま私はここにしゃんと立っています。それが明日になると萎《な》えた四肢をのばして大地に横たわるのです。死ぬ！　それはどういうことなのでしょう？　死について語ることは夢を見ることです。ちがうでしょうか？　いままでに人が死ぬところを見たことは幾度もありますが、人間の頭脳はかぎられていて、生の初めと終りについては何事をも理解することはできません。いまはまだ私のものです。あなたのものです。おお、恋人よ、あなたのものです！　それが一瞬の後には、分れて離れてしまう――おそらくは永遠に――？　否《いな》、ロッテ、否。私が滅びることがどうしてありえましょう？　あなたが滅びることがどうしてありえましょう？　われわれは存在している！――滅びる！　とはどういうことだ？　言葉にすぎない！　空虚な響きにすぎない！　私の心にはなんの実感もあたえない。――死、ロッテよ、冷たい土に埋められる。あんなに狭く！　あんなに暗く！――まだ頼りない少年だったころに、友だちの少女がいました。私にとっては何よりも大切なひとでした。このひとが死んで、私は遺骸について墓地に行きました。立っていると、棺が墓穴に下ろされ、縄がずるずると引き抜かれてたぐりあげられ、最初のシャベルが土くれを抛《ほう》りこみ、さびしげな棺の蓋が鈍い音をたて、その音もしだいに弱くなって、とうとうすっかり埋められてしまいました。――私は墓のそばに仆れてしまいました。――心の底をつかまえられ、ゆすぶられ、おそれ戦《おのの》き、ひき裂かれたのです。自分がどうなったのか――どうなるのか、自分には分りませんでした。――死！　墓！　これは不可解な言葉です！

ああ、ゆるしてください！　ゆるしてください！　昨日！　あのときが私の生涯の最後の瞬間であるべきでした。おお、天使よ、はじめて、はじめて、一点の疑いようもなく、『このひとは自分を愛している』という歓喜が、私の心の奥を貫いて燃えあがりました。あなたの唇からながれた聖い炎は、いまもまだ私の唇の上に燃えています。心の中にはあたらしいあついよろこびがあります。ゆるしてください！　ああ、ゆるしてください！

ああ、あなたが私を愛していることは知っていました。はじめての想いのこもった眼《まな》ざし、はじめての握手で分りました。それでありながら、あなたのそばを離れていたり、アルベルトがあなたと一緒にいるのを見たりすると、また熱病のような疑惑の中にとつおいつしました。おぼえておいでになりますか、いつかのあの不愉快な会合のときに、あなたは私に言葉をかけることも握手の手をさしのべることもできずに、花をおくってくださいましたね。ああ、私はあの花のまえに半夜はひざまずいていました。あれはあなたの愛の証《あかし》でした。けれども、ああ！この印象もはや消えてしまいました。さながら、神の恩寵をあふれるばかりに感じても、よしそれが聖晩餐のみまがう方なき聖《きよ》きしるしをもって示されてあっても、やがては信者の魂からうすれてゆくようなものでしょう。

こうしたことはすべて儚《はかな》いものです。ただ、私が昨日あなたの唇に吸《すす》り、いまもなお心の中に感じているこの燃える命は、いかなる永遠も消すことができません！ あのひとは自分を愛している！ この腕はあのひとをかきいだいた。この唇はあの唇の上でふるえた。この口はあの口の上で言葉を絶った。あのひとは自分のものだ！ あなたは私のものです！ そうですとも、ロッテ、永遠に。

アルベルトがあなたの夫であるということがなんでしょう？ 夫！ この世ではたしかにそうです。——そして、この世では、私があなたを愛し、あなたを彼の腕から私の腕に奪おうとすることは、罪でしょう。罪？ よろしい。私はそれに対して自分を罰します。この罪を私は、そのもつ天の歓喜を傾けて味わい、生の香油と力を心臓の中に吸りこみました。このときから、あなたは私のものです！　おお、ロッテ、私のものです！　私は先にゆきます。私の父のみもとへ、あなたの父のみもとへゆきます。そしてうったえます。父なる神は、あなたが来るときまで私を慰めてくれるでしょう。あなたが来たら、私は出迎えに翔《かけ》ってゆき、あなたをとらえ、無限なる神のみ前に永遠に抱擁をつづけて、あなたと一緒にいます。

夢をみているのではありません。妄想ではありません。墓に近くいて、こころはあかるくなりました。われわれは存在するでしょう！　ふたたび会うでしょう！　私はあなたのお母様に会います。見つけだして、ああ、その前に私の心のありのままをすべて披瀝《ひれき》いたします。あなたのお母様はあなたの似姿ですから」

十一時ごろに、ウェルテルは従僕に、もうアルベルトは帰ってきたか、とたずねました。従僕は、はい、馬を牽《ひ》いてお通りになるのを見ました、と答えました。すると、ウェルテルは、次のようなみじかい手紙を托しました。封はひらいたままでした。

「旅行をしたいと思いますから、あなたのピストルを拝借ねがえませんか。どうか御機嫌よう」

愛すべきロッテは、昨夜はほとんど眠りませんでした。かねてからおそれていたことが起ってしまったのです。それも、よもや思いもかけなかった起り方をしてしまったのです。いつもは軽くながれているきよらかな血液が熱病にかかったときのように沸きかえり、うつくしい心は千々に思い乱れてくるしみました。胸に迫っているのは、ウェルテルの抱擁の炎だったのでしょうか？　彼の非礼にたいする憤怒だったのでしょうか？　それとも、あれほどにも無垢《むく》な気持でなんの曇りもない自己信頼をもっていた以前にくらべて、いまの立場のつらさだったのでしょうか？　夫にはどういうふうに顔を合わしたらよかったのでしょう？　うちあけて疚《やま》しいところは何もないのだけれども、それでもためらわずにはいられないあの場面のことを、どう告白したものでしょう。もう長いあいだ二人とも両方から触れないでいたことです。それだのに、まず自分の方から沈黙を破って、こんなに具合のわるいときに、このような思いもかけぬことを夫に打明けなくてはならないとは。ウェルテルが訪ねてきたと知らせただけでも、夫は気持がわるかろうと気づかわれるのに、ましてこのようなとんでもない破局を！　夫が自分をどこまでも正しい照明で見てくれ、偏見なしに受けとってくれるなどとは、はたして望めることだろうか？　自分の心の中を読んでもらえるだろうか？　といって、夫に対して自分を偽《いつわ》って見せることがどうしてできよう？　この人にむかっては、これまで自分はいつも水晶のように透明に、こだわりなくうちあけて、どんな気持でも隠したことはなかったし、隠すこともできなかったのに。――あれを思いこれを思うと、ロッテはただ心配し困惑するばかりでした。そして、思いはいつもウェルテルにかえってゆくのでした。この人はもう自分からは失われてしまったけれども、棄ててしまうことはできません。といって、残念ながら、今となってはもうなるがままにならせるほかはありません。あのひとには、もしわたしを失ったら、この世に残るものは何もないのだけれども。

はっきりと自覚していたのではありませんでしたが、夫婦のあいだに頑固にわだかまってしまったこだわりが、いまどれほどロッテを圧迫していたことでしょう！　これほどにも分別もあり善意ももっている夫婦が、ある解明のむつかしい行きちがいからたがいに沈黙しはじめ、双方ともに自分が正しくて相手が曲っていると考えはじめました。事情はますますこんがらがって、因が果となり果が因となって煽《あお》りたて、たまたま一切がこれにかかる大切な関頭というときにあたって、もつれを解くことができなくなっていました。もしもっとはやくに二人がもとのとおりにうちとけ近よっていたら、そして、たがいに愛情といたわりをはたらかせて胸襟《きょうきん》をひらきあっていたら、おそらくウェルテルを救う途はまだあったかもしれません。

さらにもう一つの特別な事情がありました。彼の手紙からみても分るように、ウェルテルはこの世を去りたいという願望をすこしも秘密にしてはいませんでした。これに対してアルベルトはしばしば面とむかって反駁したし、ロッテと夫のあいだにもよくこの話がでました。アルベルトは自殺に対しては徹底的な反感をもっていて、ほかの場合にはついぞこの人にはみられない癇癪《かんしゃく》までおこして、「そういうことは口でいうだけだ。不真面目だという根拠がある」といくども断言しました。そればかりか、ときには茶化しさえして、頭からとりあわない様子も示しました。ロッテは、思わずしらずおそろしい光景が目にうかんでくるときなどには、これをきいて一面安心もしました。しかし他面には、いま自分をくるしめている懸念《けねん》を夫の耳に入れることが、いよいよしにくくなったのでした。

アルベルトが帰宅しました。ロッテは狼狽《ろうばい》しながらも出迎えにとんでゆきました。アルベルトは機嫌がよくありませんでした。仕事が片づかなかったのです。近在の役人というのは固陋《ころう》で狭量な人でした。それに、道もわるくて難渋をしたのです。

「何もなかったかね」とたずねられて、ロッテは早口に、「昨晩ウェルテルがみえました」と答えました。手紙は、ときくと、手紙一通といくつかの小包がお部屋に、ということでした。アルベルトは自分の部屋に入り、ロッテはひとりのこりました。自分が愛し尊敬する夫がそばにきてくれたので、気持がにわかに新しくなりました。その高い気象や愛や善意を思うとほっと落ちつき、何がなしに夫のあとについてゆきたくなり、仕事をもって夫の部屋に入りました。これは不断もよくしたことでしたが。アルベルトは小包を解いたり手紙を読んだりしていました。あまり愉快でないものもあるらしくみえました。ロッテが二三のことをたずねると、夫は手短かな答えをして、それから机にむかって書きはじめました。

こんなふうにして夫婦は一時間ほど一緒にいました。ロッテの気持は暗くなるばかりでした。いま気にかかっていることを打明けるのは、夫がいちばん上機嫌でいるときでもむつかしい、と感じられました。彼女は悲哀を抑えきれませんでしたが、それを隠して涙をのみこもうとすると、いよいよ苦しく思われました。

ウェルテルからの使いの少年があらわれたときの、ロッテの困惑はいいようがありませんでした。少年はアルベルトに紙片をわたしました。アルベルトは何も怪しまずに妻の方をむいて、「ピストルをわたしてやりなさい」といい、少年には「旅行中お大事に、と申しあげておくれ」といいました。――ロッテはさながら雷に撃たれたかのような思いをして、立ちあがりかけてよろめき、自分がどうしているのか自分でも分りませんでした。彼女はゆるゆると壁の方に歩いてゆき、顫《ふる》える手でピストルをとり下ろし、埃りを拭きとって、ためらいました。もしアルベルトが訝《いぶか》るような眼つきで促さなかったら、もっとながくためらっていたことでしょう。ロッテはひと言も口がきけずに、だまってその不吉な武器を少年に手渡ししました。そして、少年が家から出ていってしまうと、仕事をまとめて、いいがたい不安な気持のまま自分の部屋に入りました。どんな怖ろしい事がおこるかもしれないと、胸の底に唖《ささや》くものがありました。いっそ思いきって夫の足下に身を投げだして、何もかもいってしまおうか、昨晩のいきさつから自分の罪、そしていまことによったら起るのではないかと気にかかることまで、告白してしまおうかとも考えました。しかし、思いかえすと、それをしてどうなるとも思われません。すくなくとも、夫に頼んでウェルテルのところへ行ってもらうことは、とうてい見込みのないことでした。食卓の用意ができ、そこに一人の心やすい女の友だちが立寄ってきて、「ほんのちょっとおたずね」が、「すぐにお暇《いとま》いたしますから」となり——そのまま坐りこんでしまったので、おかげで食卓の話ももちこたえました。誰もがつとめて話して、喋《しゃべ》って、ごまかしました。

少年はピストルをもってウェルテルのところへ帰ってきました。ロッテがこれを手渡ししたと聞いて、ウェルテルは狂喜してピストルを受取りました。それから、パンと葡萄酒をもってこさせ、少年は食卓にやり、自分は腰を下ろして書きつづけました。

「このピストルはあなたの手からさずけられ、あなたが埃りを拭いてくださいました。私は千度も接吻します。あなたがさわったものですから。天なる霊よ、おんみはわが決心を嘉《よみ》したまいます！　そして、ロッテ、あなたは私に武器をわたしてくれました。かねてからあなたの手によって死を享《う》けたいとねがっていましたが、ああ！　いまそれを享けるのです。使いにやった少年になにもかも訊ねました。ピストルを渡すときには顫《ふる》えていたのですね。さようならはいってくださらなかったのですね。――つらいことです、さようならがないとは！　――あの瞬間が私を永遠にあなたに結びつけてしまったからとて、あなたは自分の心を私にむかって閉ざしておしまいになるのですか？　ロッテ、永遠といえどもあのときの印象を消しさることはできません！　そして、私は感じています。これほどもあなたのために燃えている者を、あなたも憎むことはできません」

食後に、ウェルテルは少年にいいつけてすっかり荷造りさせ、たくさんの書類をひき裂き、外出して、こまごました払いをすませました。それからいったん家に帰り、また出て行って、雨の中もおかまいなしに城門の外から伯爵の庭園、それからもっと先のあたりまでさまよい歩きました。そして、たそがれ頃に戻ってきて、また書きました。

「ウィルヘルムよ、これを最後と、野や森や空に名残りを惜んだ。君にも、さようなら！　ゆるしてください、なつかしい母上！　どうか母を慰めてやってほしい、ウィルヘルム。あなた方に神の恵みのあらんことを！　所持品はみな整理してある。さようなら！　もう一度、もっと幸福に、おめにかかりましょう」

「あなたには済まないことをしました、アルベルト。どうか赦していただきたいのです。あなたの家庭の平和を乱し、御夫婦のあいだにへだたりをつくってしまいました。それもおしまいにします。さようなら！　私の死によって、あなた方お二人が幸福になられんことを！　アルベルト！　アルベルト！　あの天使をしあわせにしてください。神の祝福があなたの上にあらんことを！」

ウェルテルはなおその晩もしきりに書類をかきまわして、あれこれとひき裂いては煖炉に投げ入れ、いくつかの包に封をしてウィルヘルムの宛名を書きました。編者もそれをいくつか見ましたが、中身は短い文章や断片的な感想です。きっかり十時に煖炉の火をつがせ、一罎《ひとびん》の葡萄酒をもってこさせてから、従僕に寝るようにといいました。従僕の部屋はこの家の人々の寝室とおなじくずっと裏のほうにあって、従僕は翌朝はやく間にあうようにと、着たままで横になりました。六時前には駅逓《えきてい》の馬が家の前にくると、主人がいいおいたからです。

十一時すぎ

「身をめぐるあたりはなべて寂寞《じゃくまく》として、私の魂はしずかです。神よ、最後の瞬間にこの熱情とこの力をあたえたもうことを、感謝いたします。

私は窓に歩みよって、ながめます。なつかしいロッテよ！　そして、荒れて翔《かけ》りゆく雲の絶え間をとおして、永遠の空のまばらな星をみつめます！　星よ、おんみらは隕《お》ちることがない！　永遠なる者がおんみらを胸に抱いていてくれる。そして、この私をも抱いていてくれる。私はよく大熊座の轅《ながえ》の星をあおぎ見ました。これが、あらゆる星辰のうちでいちばん好きなものです。あなたから別れて、夜におたくの門から足をふみだしたとき、この星は私の正面に懸っていました。それをみつめて身も心も酔いしれたことが、幾度あったことでしょう！　そのときは手をさしのべて、これぞわが現在の浄福のしるし、聖き標石と思いさだめたことでした！　いまもなお――。おお、ロッテ、ありとしあるものはみなあなたを偲《しの》ばせるものばかりです！　あなたは私をとりまいています。いやしくも聖いあなたが触れたものはどんなささやかなものでも、さながら子供のように貪婪《どんらん》にかき集めておいたのですから！

なつかしい影絵！　これはあなたへの形見として遺《のこ》します。ロッテ、どうか大切にしてください。家を出るとき帰るとき、いつも数しれぬ接吻を押し、数しれぬ挨拶の合図をおくったものです。

私の遺骸の始末は、あなたのお父様に手紙でおたのみしておきました。墓地に二本の菩提樹が立っているところがあります。ずっと奥の方の畑にむいた片隅です。私はあそこに憩いたいとねがいます。お父様はそれをしてくださることがおできになるし、してくださるでしょう。どうかあなたからもお頼みしてください。しかし、信仰あついキリスト教徒がこの哀れな男とそのなきがらを並べてはくれないことは、分っています。ああ、もしあなた方が私を、路傍か、または人影ない谷に埋めて、印を刻んだ石の前を祭司やレビ人が十字を切ってとおりすぎ、サマリア人が*一しずくの涙をそそいでくれるなら、それでも結構です。

いざ、ロッテ！　死の陶酔をのみほすべく、つめたくおそろしい杯を手にとって、私は顫えもおののきもしていません！　あなたがさし出してくださった杯だもの、どうしてたじろぐことがありましょう！　すべてが！　すべてが！　これで私の生涯の願いと望みの、すべてが充たされるのです！　こんなにも平静に、これほども凝然として、死の黄銅の門を叩こうとしています。

このように死ぬにしても、なることとならあなたのために死ぬのだという幸福に与《あずか》りたい、と思います。ロッテ、あなたのためにこの身を捨てるのなら！　生活の安静と喜悦をふたたびあなたにかえすのであれば、私はよろこびいさんで死んでゆきます。しかし、かなしいかな！　愛する者のために血をながし、おのれの死によってそれに百倍するあたらしい命の火を友の中にかきたてることは、むかしからただ数すくない高貴の人々にのみゆるされたことでした。

この服装のまま葬ってください。ロッテ、あなたがこの服に触れて、きよめてくれたのですから。これもお父様におねがいしておきました。私の魂ははや柩《ひつぎ》の上にただよっています。ポケットは探さないようにしてください。はじめてあなたをあの子供たちのなかで見たとき、あなたが胸につけていた淡紅色の飾り紐――。おお、子供たちには千回も接吻してやってください。そして、かれらの可哀そうな友の身の上を話してやってください。愛らしい子供たち！　いつもまわりにむらがってきたが。ああ、どれほど私はあなたに結びついていたことでしょう！　見たはじめのときから、忘れることができなかった！　――この飾り紐はぜひいっしょに埋めてください。

私の誕生日にあなたが贈ってくださったものです。こうしたものをどれほど貪《むさぼ》り求めたことでしょう！――ああ、こういうことになろうとは思いもよらないことでした！――びっくりなさらないでください、お願いです、おどろかないでください！――弾はこめてあります。――十二時が鳴っています！　では！　ロッテ、ロッテ！　さようなら！　さようなら！」

隣家*の者が火薬の閃光を見、銃声をききました。しかし、それきり静まりかえってしまったので、そのまま気にとめませんでした。

翌朝の六時に、従僕があかりを持って部屋に入りました。床の上に主人がたおれているし、ピストルが落ちていて、血がながれていました。大声で呼んで、主人の体をかきおこしました。もう返事はなく、ただ咽《のど》がごろごろと鳴っているだけでした。従僕は医者に馳《は》せつけ、アルベルトの家にとんでゆきました。呼鈴を引く音をきいて、ロッテは手足が竦《すく》むように思いました。それから夫をよび醒まし、二人ともに起きあがりました。従僕は泣き叫んでどもりながら報告しました。ロッテは失神してアルベルトの前に仆《たお》れました。

医者が来たときには、不幸なウェルテルは床に横になったままで、もう手のほどこしようはありませんでした。脈搏《みゃくはく》はありましたが、四肢はすっかり麻痺してしまっていました。右の眼の上から頭を射ぬいたので、脳漿《のうしょう》がながれでていました。腕の静脈をひらいて刺絡《しらく》をしました。血はほとばしりでて、呼吸はずっとつづいていました。

椅子の凭《もた》れに血痕がついているので、ウェルテルは机にむかって坐ったまま自殺を決行したものと思われました。それから床にすべり落ち、身もだえしながら椅子の周囲をころげまわったらしい。そして、ついに力がつきて、窓ぎわにむかって仰向《あおむ》けになったのでしょう。きちんと服を着たままで、靴をはいていました。青い燕尾服に黄色いチョッキをつけていました。

この家の人々も、近隣の人々も、結局町中の者が気も顚倒《てんとう》してやってきました。アルベルトがはいってきました。もうそのときは、ウェルテルは寝床の上にねかされていました。額《ひたい》には繃帯が施してあり、顔ははや死人の相となっていて、手も足もすこしもうごきませんでした。肺は依然として、たかく、ひくく、おそろしい音をたてて鳴っていました。臨終が迫っていると思われました。

葡萄酒はただ一杯のんだだけでした。机の上に「エミリア・ガロッティ」がひらいたままになっていました。

アルベルトの驚愕とロッテの悲嘆については、何も申しますまい。

老法官はしらせをきいて、馬で駈《か》けつけてきました。彼は熱い涙をながして死にゆくウェルテルに接吻しました。まもなく上の息子たちもあとを追って歩いてきました。かれらは寝台のわきに跪《ひざまず》いて、哀傷をおさえかねる面《おも》持ちで、ウェルテルの手と口に接吻しました。いちばん可愛がられていた長男は、いつまでもウェルテルの唇からはなれず、とうとうウェルテルが息をひきとってから、人々がその子をむりに引きはなしました。正午十二時にウェルテルは死にました。夜の十一時ごろに、法官のはからいで手配をしてくれたので、騒ぎはおこらずにすみました。

からいによって、亡き人はみずから選んだ場所に埋められました。遺骸につきそったのは、老人と男の子たちでした。アルベルトは見送りできませんでした。ロッテのいのちが気づかわれたのです。職人たちが棺を担ぎました。*僧侶は一人も従いませんでした。

注

ページ

10　叔母——この小説の第一巻は、ゲーテのヴェツラールの体験をほとんどそのまま写して、モデルもほぼ実在のままである。この叔母というのは、ゲーテの祖母の妹、ヴェツラールのランゲ顧問官夫人にあたる。以下にでてくる伯爵の庭園、泉、ヴァールハイム村なども、それぞれ現地にモデルがある。

一一　理窟っぽい造園家——このころまではフランス古典派の人工的な造園術が行われていたが、しだいに自然の趣きを重んずるイギリス風にのっとるようになった。

一二　メルジーネ——古代フランスの伝説中の水の精。

一三　族長時代の……求婚——旧約創世記二十四章、イサクのリベカへの求婚など。

一六　絵をかいていて、ギリシャ語もできる——ドイツでは一七七四年ごろに、はじめて正規の図画教育が採用された。一七七〇年ごろには、ギリシャ語教育も貧弱だった。

〃　バトー——フランスの美学者。その著は当時の美学の基準とされ、一七五八年にドイツ語に訳された。

〃　ウッド——その劃期的なホーマー研究は、一七七三年に英語からドイツ訳された。

〃　ド・ピル——フランスの画家、美術研究家。

〃　ウィンケルマン——Johann Joachim Winckelmann（一七一七—六八）。「古代芸術史」を書いて、そのギリシャ研究は当時に大影響をあたえ、ゲーテの古代文化観もその影響の下にあった。

〃　ズルツァー——の理論の第一部——美学者。その「美術一般論」は二巻からなり、その第一巻をゲーテは

「フランクフルト学芸評論」で論じた。

一六 ハイネ――言語学者、考古学者、ゲッチンゲン大学の教授。

〃 公爵家の法官――当時のドイツは幾多の連邦小国に分れていて、王侯はそれぞれ独立の支配権をもち、領内の各地区に法官をおいて、司法と行政を行わせた。ロッテ・ブフの父もこういう役人だった。

二〇 ミス・ジェニー――当時流行した教訓的感傷的な家庭小説「ミス・ファニー・ウィルクス物語」の主人公。その作者は、英国のリチャードソンを模倣したヨゼフ・ヘルメス。

三一 「ウェイクフィールドの副牧師」――ゴールドスミスの小説。ゲーテもこれを青年時代に愛読して非常に影響をうけたことは、「詩と真実」にくわしい。

三二 われわれはメヌエットを踊った……――ここでは三種類の舞踏がおどられる。当時まだ行われていた古いフランス風のメヌエットと、流行していたイギリス風の対舞(コントルダンス)と、ようやくさかんになりはじめたドイツ風のワルツと。

三六 クロップシュトック――Friedrich Gottlieb Klopstock(一七二四―一八〇三)。ドイツ古典主義文学の六大家の一人。ドイツ近代文学はその宗教的叙事詩「救世主」(一七四八年)にはじまるといわれる。ここに出てくる「あの荘厳な頌歌《しょうか》」とは、「春の祝い」のこと。この中にはうつくしい雷雨の描写がある。

四〇 ペネローペ――ホーマーに歌われた、オデッセーの妻。夫の長い留守中に多くの放埒《ほうらつ》な求婚者に煩わされながら、貞節を守ったくだりは、ホーマーの中でも有名。

四一 人類の師――キリストのこと。マタイ伝一八章三「まことに汝らに告ぐ、もし汝ら翻りて幼児の如くならずば、天国に入るを得じ」

四八 いけないこと――若い娘が男に接吻されると髭《ひげ》が生えるという迷信があった。

五〇　オシアン——一一七ページの注をみよ。

五一　この手紙は全体との関係がなく、解釈にくるしむ。（コッタ版の注）

五三　豫言者の尽きることなき油の壺——豫言者エリアが、ある寡婦の家に身をよせていて、その油壺の中身を絶やさぬようにした。旧約、列王紀略上一七章一〇—一六。

五四　ボロニア石——螢光石。十七世紀のはじめボロニアで発見され、その自然発光のために有名。

五五　公使——当時ドイツの連邦小国は、互いに外交官を交換していた。

五六　砂——むかしは吸取紙の代りに砂をつかった。

六五　僧侶のように——ルカ伝一〇章三一、強盗にあって瀕死《ひんし》の人を、「祭司たまたま此の途より下り、之を見てかなたを過ぎ往けり」

〃　パリサイ人よろしく——ルカ伝一八章一一、「パリサイ人、たちて心の中にかく祈る。神よ、我はほかの人の、強奪・不義・姦淫するが如き者ならず、又この取税人の如くならぬを感謝す」

七〇　「たくさんの手から給仕されるお姫様」——お姫様が幽閉されて餓死しようとしていると、天井からたくさんの手が出てきて食物をあたえた、という童話。

〃　著者は作品の改訂第二版を出すと……——この部分は全体の物語と必然的な関係がないが、おそらくゲーテ自身の一七七三年の体験、すなわち彼の“Geschichte Gottfriedens von Berlichingen”の改訂に対する不評が暗示されているのであろう。

七四　例の馬の寓話——ホラチウスやラフォンテーヌにある。

〃　八月二十八日——ゲーテ自身の誕生日もおなじく（一七四九年）八月二十八日である。ついでながら、この小説のアルベルトのモデルとなったケストナーも、同日生れである。この手紙にあるように、ゲーテも

ロッテから飾り紐をもらった(ただし、その時期はフランクフルトに帰った後)。ゲーテもケストナーから
ヴェートシュタイン版ホーマーを贈物にされた。

一五 ヴェートシュタイン版――ヴェートシュタインはアムステルダムの書店、この版には原文とラテン訳がついている。

〃 エルネスティ――言語学者、神学者。ゲーテはその講義をきいたことがある。その刊行本にはくわしい注がついている。

一七 庭園――亡き伯爵の庭園のこと。五月四日の手紙をみよ。

一九 フォン・R……氏――フォンは貴族の称号。宮中顧問官は貴族ではないが、職掌柄フォンとよばれていた。ドイツ人は称号や肩書についてはきわめて神経質だから、こういうことが大問題となる。

二六 正本聖書の研究――偽経ならざる真の聖典の歴史的批判による確定。啓蒙主義時代の神学の主要問題。

〃 ラファーター――Johann Kaspar Lavater（一七四一―一八〇一）神学者。「ウェルテル」を書いたころ、ゲーテはその熱烈な信仰にひかれて、やがて親しい交渉がしばらくつづいた。本文のこのあたりは、あまりに悟性的批判的な啓蒙主義の風潮に対する、反感があらわれている。シュトルム・ウント・ドラング時代には、宗教においても何よりも感情が尊ばれた。

〃 ケニコート――オックスフォードの神学者。ヘブライ語の旧約聖書の本文批判の大家。

〃 ゼームラー――敬虔派のイエナの神学者。宗教における研究の自由を主張した。

〃 ミヒャエリス――ゲッチンゲンのプロテスタントの神学者、東洋学者。ドイツにおける聖書研究の創始者。

二七 オシアン――三世紀のアイルランドの伝説の主人公で、盲目の老詩人とされている。戦争物語や恋愛譚

や輓歌《ばんか》を、神秘的な古拙な感激的な調子でうたう。しかし、これは十八世紀のマクファーソンの偽作と見られている。(但し、この説については岩波文庫「オシァン」中村徳三郎訳を参照)。一七六八年にドイツ訳があらわれ、非常に愛読され、若いゲーテもこれに心酔し、一七七二年シュトラースブルクでその一部分を訳して、フリーデリケ・ブリオンにおくった。その手稿はいまも同地の大学に保存されている。「ホーマーをおしのけてしまった」というのは、ホーマーがあまりに古典的で明朗で自然であるので、夢想的な熱狂家でしかもいよいよ憂鬱を加えてきたウェルテルは、より感情的なオシアンをよろこぶようになったのである。一五五ページの注、一六四ページの注をみよ。

二八　フィンガル——オシアンの父。

一三　神の子さえいっている——ヨハネ伝一七章二四、「父よ、望むらくは、我に賜ひたる人々の我が居るところに我と偕にをり、世の創の前より我を愛し給ひしによりて、汝の我に賜ひたる我が栄光を見んことを」

一四　「わが神！　わが神！　なんぞわれを捨てたまひしや」——十字架にかけられたイエスの言葉。マタイ伝二七章四六、「三時ごろイエス大声に叫びて『エリ、エリ、レマ、サバクタニ』と言ひ給ふ。わが神、わが神、なんぞ我を見棄て給ひしとの意なり」

〃　諸天を布のごとくに捲く——ヨハネ黙示録六章一四に「天は巻物を捲くごとく去りゆき、山と島とはことごとくその処を移されたり」とあるのを、誤って引いたのであろう。

一三　彼の身の上について……——ゲーテはこれ以下の叙述を、エルーザレムの最期についてのケストナーの報告を基にして書いている。

一五　たそがれてゆく夜の星よ、以下——一一七ページの注をみよ。このオシアンの歌は北欧趣味の朦朧《もうろう》たる表現のために、分りにくいが、次のような筋である。——たそがれの中に夕星にむかって歌うオシアンの前に、むかしの勇士や楽人たちの姿があらわれてくる。場所は、オシアンの父フィンガルの城のあった、ゼルマ高地の麓の荒野ローラである。オシアンは昔の華やかな祝宴をしのんで、楽人たちに歌をうたわせる。

一、トルマンの娘ミノナが、コルマの歎きをうたう。コルマは、恋人ザルガルと兄モランとの決闘によって、両人を共に失った。

二、オシアンの竪琴に伴奏されて、ウリンが亡きリノとアルピンから聞いた歌をうたう。ミノナの兄モラルをいたむ輓歌《ばんか》である。

三、アルミンがカルモルに心の痛みを問われて、その子アリンダルとダウラの悲しい運命をうたう。

一六四 なにゆえにわれを呼び醒ますのか、以下――老吟遊詩人ベラソンが死の前に歌った歌の一節。老楽人は自分を枯れてゆく樹木にたとえる。一一七ページをみよ。

一七七 祭司やレビ人……サマリア人――ルカ伝一〇章三一―三三、「或祭司たまたま此の途より下り、之(瀕死の人)を見てかなたを過ぎ往けり。又レビ人も此処にきたり、之を見て同じく彼方を過ぎ往けり。然るに或サマリア人、旅してその許にきたり、之を見て憫み、近寄りて油と葡萄酒とを注ぎ、傷を包みて己の畜にのせ、旅舎に連れゆきて介抱し」

一七八 隣家の者が……――これ以下は、エルーザレムの死を報じたケストナーの報告ほとんどそのままである。

一八〇 僧侶は一人も――自殺は罪であるがゆえに。一七六ページ「信仰あついキリスト教徒が……」もこれと同じ理由である。

解　説

晩年のゲーテはエッカーマンにつぎのように語っている。――「『ウェルテル』は私が、さながらペリカンのように自分の胸の血で養った作品だ。あの中には、私の心の内面のもの、さまざまの感情や思想がたくさんに盛られているので、あのくらいの本が十冊できるほどの内容がある。『ウェルテル』が出版されてから、私はただ一回しか読みかえしたことがなく、ふたたびとは読まないようにしている。あれは危険な花火だ！　読んでいておそろしくなるし、生みだした当時の病的な状態をもう一度くりかえして感ずるのが心配だ。……個人的な身近な切実な事情が、私に『ウェルテル』を書かせ、生むような気持にしたのだ。私は生き、愛し、悩んだ。……」

この小説はゲーテの伝記の外的事実にモデル的にも忠実なものではあるが、しかしその真の生命は、右にいわれているように、若いゲーテの内面精神のほとんどすべてがここに吐露されているという点にある。ゲーテが味わった青春のあふれるような情感や恍惚たる陶酔、それから不安、絶望、幻滅、世界苦が、無比の抒情的な言葉をもってのべられているところにある。これが当時の時代精神の暗流をなして表現を求めていた未知のものを端的にひきだしたのであったから、それでこのもっとも個人的な書が、あれほどにも時代をうごかしたのであった。

いま読めば自明であることも、当時にあってははなはだしい反抗であり、革命であった。すでにルソーの先蹤《せんしょう》はあったが、それでも人間が精神の内面にこのような秘奥《ひおう》をいだいていて、このように歓びこのように悩むということは、あたらしい世界をひらいて見せたことであった。そして、ゲーテは至上の人間主義者として、その後ますますこの小説的処女作の方向へと成熟して、このもっとも人間的な世界の王者となった。

成立　この小説の材料となった作者の個人的体験としては、三つの契機があげられている。

ヴェツラールにおけるロッテ・ブフへの恋愛。

エルーザレムの自殺。

マクシミリアーネ・ブレンターノとの交渉。

一七七二年五月、二十三歳、大学を卒業して弁護士となったばかりのゲーテは、父ののぞみにしたがって、ライン地方のヴェツラールにゆき、ここの帝国高等法院で裁判事務の見習いをすることとなった。ここはただこの最高裁判所によって支えられている、人口五千ほどの貧しい丘の上の町で、家は多くは木造で不規則できたなかった。ゲーテは壁にとりまかれた暗いゲヴァントガッセの家に住んだ。

固陋《ころう》な官僚的な空気、反目、平民に対する階級観念、プロテスタントとカトリックの対立などが、この狭い町に渦まいていて、ゲーテがこの町の気分を愛しなかったことは、この小説の中にもうかがうことができる。彼は五月五日付けで実習員として登録はしたが、彼の手になった書類はまったく痕跡がなく、事務はそっちのけにして、この小説のはじめに描写されているような日々を送っていたらしい。すなわち、ここの郊外はのびやかな沃野《よくや》でうつくしく、彼はこのんでラ

ヴェツラールの風景

イン川のほとりの丘を散策した。ガルベンハイムの村――小説の中ではヴァールハイム、そこの広場はいまでは「ゲーテ広場」とよばれている――の菩提樹の下で、あるいは宿屋の庭で、ホーマーを読み、絵をかき、村人や子供たちと交わって、簡素純朴な古代のギリシャ人の生活を偲《しの》び、自然の息吹きに沈潜した。

ゲーテ自身はむしろ境遇の転換を求めて、かなりためらった後にこの地に来たのであって、この町からはいかなる知的または文学的な空気をも予期してはいなかった。事実当時のドイツの国情は沈滞しきっていて、ここの裁判所もわずか十七人の陪席判事に対して一万六千二百三十三という訴訟事件が未済のままになっているありさまだった。ところが、意外にも、ここには活潑な精神生活があって、やがてゲーテにとっての「第三の学生生活」がはじまった。それは、彼同様に各地から実習員がきていたほかに、ドイツ各国から二十四人の検閲員が駐在していたので、多数の選抜された有為な青年が集まっていたからであった。かれらは「皇太子軒」で中食をとり、「騎士の円卓」をかこんで、快活で奔放でロマンチックな雰囲気をつくっていた。ここに会合した仲間の中に、「ウェルテル」の成立にモデルの役をつとめることになった二人の人物がいた。すなわち、アルベルトの原型となったケストナーと、後に自殺をとげたエルーザレムである。

　ケストナーは、ゲーテより八歳年長で、勤勉、率直、誠実な模範的官吏であり、しかも寛容で温かく、文筆の才能にもめぐまれていた。ゲーテはヴェツラール滞在中にこの人ともっとも親しく交わったが、彼は忙がしいので、あまり社交の席にも出ず、その許嫁のシャルロッテ・ブフとゲーテとの交渉にも嫉妬や敵意をはさむことなく、両者を信用して、むしろわが愛する少女にゲーテが好意をよせるのをよろこんだ。

ヴェツラールの泉

　シャルロッテ(愛称ロッテ)は、一七五三年一月十一日生れ、十五歳のときに(すなわち、ゲーテ到着の四年前に)ケストナーと婚約した。ドイツ騎士団領地の法官ハインリヒ・ブフの次女で、ブフ家は(小説とはちがって)町の中にあり、「ドイツ騎士団屋敷」という大きな建物の左翼の入口のそばの住居に住んでいた。父は当時六十一歳で、義務に忠実なすぐれた人物であった。母はこの一年ほど前に歿していたが、この人についても多くの美しい記憶がつたえられていて、ゲーテはその肖像を小説の中で写している。ロッテはこの母の美徳をうけつぎ、長女ではないのに十人の弟妹の世話をひきうけて家政をとり、あかるくてやさしくてしっかりとして、何人からも讃められ愛されていた。

ゲーテはこのロッテに恋した。六月九日、町から一マイルほど離れたフォルペルツハウゼン村の狩猟館(今日この建物は学校になっている)で、裁判所関係の若い人々が催した舞踏会に、ゲーテも大伯母ランゲ夫人やその娘などとともに馬車ででかけた。ケストナーはこの日は公務のため往復ともに同道できなかったから、ゲーテがロッテの家に立寄ってさそった。この最初に彼女を見たときの光景は、ロッテが舞踏会への衣裳をつけたまま、弟や妹たちにパンを切って分けてやっているところだった。小説の中の舞踏会の描写は、この日のことを記したケストナーの日記から推すと、むしろフィクションが多いらしい。ただ偶然にも、ゲーテが「ウェルテル」の中に登場させた人物は、この日みな一堂に会していた。いつもは人間嫌いのエルーザレムまでが、この舞踏会には姿を見せた。ケストナーの日記によると、「ロッテはただちにゲーテの注目をすっかり惹《ひ》きつけてしまった。……彼はロッテが婚約の身であることをしらなかった。私

ドイツ騎士団屋敷　(左がロッテの住家)

ロッテ・ブフの部屋

は幾時間か遅く行った。ロッテは彼を完全に征服した。そうしようと少しも努めたわけではなく、むしろ楽しみに没頭していたので、なおさら彼の心を捉えたのだった。……翌日、ゲーテは舞踏会の後のロッテの御機嫌は、と訪問してきた。そして、ロッテを、その長所とする家事の側からはじめて知った。」この後ゲーテは連日のように訪問をつづけた。子供がなつき、老人もわが子のように愛した。これからさきの日々のことを、「詩と真実」（小牧氏訳）にはつぎのように記してある。「あらゆる束縛から全然解放された新来者の私は、すでに他の男と婚約していたため、どんな親切な世話をうけても求愛とは解しないで、それだけに一層よろこんでそれを受けいれた一人の娘の前に出ても、平気で過して行ったのだが、まもなくすっかり引込まれて俘《とりこ》となり、あまつさえ若い二人から真にうちとけて親しい扱いを受けたので、もう吾《われ》を忘れはてたようになった。現在に少しも満足を感じなかったために、物憂げに夢現でいた私は、ちょうど自分に欠けていたものを、一人の女性の中に見出した。この婦人は一年の事を慮《おもんぱか》って生きていながら、ただ現在の瞬間のために生きているように見えた。彼女は好んで私を同伴者とした。私はまもなく彼女の側を離れがたくなった。というのは、彼女が私のために日常世界の仲介役を勤めたからであった。かくて私たちは、手広い農場の仕事をしながら、あるいは田畑や牧場で、あるいは菜園や花園で、やがて離れられぬ伴侶となったのであった。許婚の男もまた仕事の暇のときには加わった。私たち三人は思わずも一緒にいる習いとなって、どうしてかくも離れがたい間柄となったか判らなかった。こうして私たちは楽しい一夏を送ったが、これこそ一篇の純ドイツ的牧歌であった。豊穣な土地がこの牧歌に散文を供し、純潔な愛が詩を供した。私たちは実る穀物畑を逍遙しながら、露深き朝の空に爽快を感じた。雲雀《ひばり》の歌、鶉《うずら》の声は、心を娯《たのしま》せる調べであった。日が暑くなって、激しい雷雨が突然襲ってくる、そんな事にも二人は一層より添うようになるばかりだった。そうして家庭の幾多の些細な煩《はん》累《るい》も、つづく情愛によって苦もなく拭い去られた。こうして平常の日がつぎつぎと重なって行ったが、そのすべてが祭日のようであった。暦に記された日は全部赤く刷り変えねばならぬかのようであった」

ロッテ・ブフ

　このかがやかしい一夏の若々しい幸福の日々にも、やがて翳《かげ》がさしてきた。ケストナーは、許嫁《いいなずけ》とのあいだに入っ

ゲーテの影絵
(1774年8月31日にロッテに贈ったもの)

てきた、この美貌と天才をもった奔放な友人の情熱に、ひそかに疑懼《ぎく》し懊悩《おうのう》した。彼の日記にはその消息が記されている。この憂慮はついに現実となった。夏も闌《た》けて、ゲーテはついにみずからを抑えることができなくなり、八月十三日にロッテから接吻を奪った。

ロッテはこのことをその夕方にケストナーに告げた。ケストナーの日記に「八月十三日。……夜、接吻の告白。ロッテとの小さな争い。翌日ふたたび消散」とある。十六日の日記には「ゲーテはロッテから説教をうけた。彼女は、彼が友情以外の何物をものぞんではならぬ、と宣言した。彼は色蒼《あお》ざめ失望の面持ちであった。」それからも交際はつづいたが、ついにゲーテは、小説の中のウェルテルとおなじく、九月十一日の朝に、別れも告げずにこの町を去った。その前夜の話題は、やはり作中とおなじく、死後の生についてであった。

これから後も、ゲーテとケストナー・ロッテとのしたしい交際はつづき、たがいに往復したり、贈物を交換したり、しきりに手紙をやりとりしたりしている。ことに、「ウェルテル」が出版された後には、センセーションをおこしたモデル問題に憤慨したケストナーに対して、ゲーテは詫びやら申し出に対するはげしい峻拒《しゅんきょ》やら、さまざまの手紙を書いている。そして、後になってケストナーは世に真相を知らせるために、ゲーテ滞在の一夏のことを記した「ゲーテとウェルテル」という本を書いた。

ケストナー夫妻に関連して、さまざまな「ウェルテル」の後日ものがたりがあり、小説にもおとらぬ興味ふかいものがあるけれども、その中でもっとも意外な奇抜なものは、ワイマールの老宰相ゲーテを、いまは寡婦となったロッテが訪問したという事件である。トマス・マンが「ロッテ・イン・ワイマール」の材料とした、この全欧に喧伝《けんでん》された恋人の晩年の再会である。——ヴェツラールの別離から四十幾年たった或る日、宮廷顧問官ケストナー未亡人が娘を同伴して、息子の就職の世話をたのみに、ハノーヴァーから訪ねてきた。ゲーテは痛風を病んでいて、面会を断り、劇場の切符をおくってやり、このばつの悪い面会をのばせるだけのばした。ついにロッテはゲーテに会ったが、彼女はそのときのことを息子にむかって次のように手紙に書いた。——「御老人の方とあたらしくお知合いになりましたが、この方からは、もし私がこれがゲーテだということを知らなかったら、じつは知っていても、けっして愉快な印象をうけませんでした」

右のヴェツラールでの体験が、「ウェルテル」の第一巻の主な骨子となっている。

「皇太子軒」の会食にもめったに姿は現わさなかったが、この町の若い智識人の中で異色ある一人はエルーザレムだった。彼はすでに七年前にライプチヒ大学でゲーテと相識っていたが、いまは公使付きの書記官となって、ふたたびヴェツラールで邂逅《かいこう》した。「……人好きのする風采で、中背の恰幅《かっぷく》のよい男であった。顔は面長《おもなが》というよりは円顔で、柔かな、おとなしい容貌をしていて、その他の点もおよそ金髪の美しい青年にふさわしかった。……彼の服装は青い燕尾服に、黄色いチョッキとズボン、それに褐色の折返しのついた長靴だった」(「詩と真実」)。エルーザレムは教養も高く、頭脳もするどく、文学、芸術、哲学を愛していたが、憂鬱に内攻した厭世的な気分を抱いていて、俗悪な環境と相容《い》れなかった。上官である成上り貴族の公使とことごとに衝突し、ために大公から譴責《けんせき》をうけたこともあった。また、あるときたまたま高等法院院長のお茶の会に居あわせていたが、この会は上流貴族の集りであったために、平民の彼は退場しなければならなかった。さらに、彼を苦しめたのは、人妻への恋だった。公使の秘書官ヘルト夫人は三十歳ほどの美しい教養のある女性だったが、きびしい宗教的な躾けをうけた厳格な性格であり、彼が跪《ひざまず》いてのべた恋の告白を手きびしく拒絶し、エルーザレムに絶交をいいわたし出入りを禁止した。彼はこの小説の中にも引用された手紙をもたせて、ケストナーにピストルの借用を申し入れ、それを用いて夜中に自殺した。机の上にはレッシングの「エミリア・ガロッティ」がひろげたまのせてあった。ただし、この自殺がおこったのは、ゲーテがすでにヴェツラールを去った後の、十月末のことだった。

このエルーザレム事件が、「ウェルテル」の第二巻の主な骨子となっている。

ヴェツラールを去ったゲーテはただちに故郷のフランクフルトには向かわず、途中コブレンツの閨秀作家ラロッシュ夫人を訪《おとな》い、その娘マクシミリアーネ(愛称マクセ)を知った。「姉娘の方は、まもなく特に私の心を惹きつけた。古い熱情がまだ消え失せてしまわないうちに、新しい熱情が心に萌《きざ》しはじめるのは、いかにも愉快を感じさせるものである。ちょうど太陽が沈みかけたときに、反対の側に月の上るのを見て喜んで、二つの空の光からくる二重の輝きに見とれるようなものである」(「詩と真実」)。このあたらしい愛情を胸に抱きながら、ゲーテはライン河をマインツまで遡《さかのぼ》って、父の家に帰省した。

帰省して一月ばかりたったとき、エルーザレムの自殺の報に接した。ゲーテはただちにヴェツラールに行き、十一月六日から十日まで滞在して、事件の真相を知るべき資料をあつめた。さらに、ケストナーにくわしい報告を依頼し、ケストナーは綿密な叙述を送った。「ウェルテル」の第二部にはこれが利用され、ことに自殺の前後の描写はほとんどそのまま使われている。

青年期に突然たる人の訃をきくことは、異常な衝撃をうけることである。ことにいまゲーテの場合は、暗示され吻合するところが多かった。「私は、エルーザレムの死の報知に接し、……その瞬間に『ウェルテル』の構想が発見されたのであった。これまで漠然としていた全体が八方から集合して、固形の一団塊となった。あたかもまさに氷結点にあった壺中の水が、ほんの些細な振動によって、たちまち固い氷と化するようなものだった。この珍らしい収穫を確保し、尋常でない、また複雑な内容をもった作品を心に描きだし、かつそのすべての部分にわたって仕上げをすることは、私にとって一入《ひとしお》重要な関心事であった。というのは、すでに私自身が以前より一層希望のない、また嫌悪でなくとも、不満ばかりが予感される苦痛な境地に、ふたたび陥っていた時だったからである」(「詩と真実」)。

ここに「ウェルテル」が作らるべき胚子《はいし》はできたが、しかしこれが芸術的に完成した形をとって生れるまでには、まだまだ多くの時間と、反芻と、醗酵と、さらにもう一つのあたらしい体験が必要だった。

この時代、すなわちゲーテ伝にいう「最後のフランクフルト時代」(一七七二年九月—一七七五年十月)は、おどろくべき時代である。若い詩人は真に天才を発揮した。戯曲「ゲッツ」「クラヴィーゴ」「シュテラ」、いくつかの諷刺劇、謝肉祭劇、歌劇、小説「ウェルテル」、不朽の抒情詩、

ロッテ・ブフの影絵
（ゲーテが部屋にかけておいたもの）

偉大な断片「マホメット」「永遠のユダヤ人」「プロメトイス」「ファウスト」などが、つぎつぎと大河の決する勢いで創作された。幻想がいきいきと噴騰して、息もつかずに迸《ほとばし》りでた。そして、内生活においては、その前半の七四年の春ごろまでは、はげしい生の倦怠(taedium vitae)におそわれた、ウェルテル主義の時期だった。この精神の危機は、若いゲーテをして、その時代の風潮をともにして日夜自殺の問題を考えさせ、このころの手紙には自殺を肯定する思想もあらわれており、彼は「いつも短剣をベッドの傍らにおいて、燈火を消す前に、その鋭い切っ先を二三インチ胸に突込むことができるかどうかを試《ため》してみた」(「詩と真実」)。

父との仲はますます悪化する。理解者の妹は結婚する。親友のメルクは異国に去る。そのほか身辺はいよいよ寂寞を加えて、ロッテへの愛執はいやましてつのり、彼はケストナーとロッテにしきりに手紙を送った。十六か月のあいだに現存のもの五十四通を書き、しかもそれがみなウェルテル風のものである。あるときはロッテの弟にあてて、家の消息を尋ねている。自分の部屋にはロッテの影絵を飾って、たえずそれと語り、出入りのたびごとに、また食事や就眠の際に、ロッテへの挨拶を忘れなかった。ロッテから飾り紐の贈物をもらったときには狂喜した。婚約の二人が指環の調製を自分に依頼しないことを責めて、依頼がないにもかかわらずそれを注文して、二度つくり直させて満足した。二人が結婚の日にはロッテの影絵を部屋から撤去すると宣言していたが、その結婚の日取りは、おそらく思いやりからであろう、彼には知らされなかった。それを知ったときの手紙も小説の中のものと似ている。「……やはり今までどおりここに懸けておくこととしましょう。お二人の身に幸せあらんことを。……私は水なき荒野をさまよっています。私の髪はわがための木蔭であり、私の血はわが泉です。」ゲーテとケストナー夫妻との依然として親しい交渉は、これが前述のようないきさつにひきつづいたものであることを思うとき、風俗を異にするわれわれにはかなり奇異な感をあたえるが、このころのゲーテの綿々切々たるウェルテル風の手紙は、小説「ウェルテル」がこのころの詩人の苦悩と憧憬《しょうけい》の中にこそ醞醸されたものであることを示すものであろう。

ゲーテは自分の不幸な愛情の追憶を、当時の好尚にしたがって戯曲に作ろうとした。しかし、やがてこの題材がむしろ小説のものであることをさとったとみえ、七三年九月のケストナーあての手紙には、小説を書いていることが記してある。しかし、これもはかばかしくは進まず、その後しばらくは「ウェルテル」についての言葉はみえない。

ここに、第三の体験——それが作品の中に及ぼした影響はもっとも少ないものであるが——がおこって、はっきりとした形成を求めていた胸中の想念の塊に、ついに最後の完成をあたえることとなった。それは、七四年の一月に、前述のラロッシュ夫人の娘マクセが、豪商ブレンターノと結婚して、フランクフルトに来たからである。

マクセに心をひかれていたゲーテは、毎日のようにブレンターノ家に出入りするようになった。五人の子供のある中年の商人と、その後妻となった若い教養のある貴族の娘と、女性に対して多くの魅力と愛着をもつ天才詩人と——、ここにおこったいざこざはおおよそ想像のできるような

1774年のゲーテ

ものであったろう。ゲーテははじめて人妻に恋したエルーザレムの苦悩を実感できた。これで、いままでばらばらだったさまざまの要素が一つに結合した。ここに自分のロッテへの愛情とエルーザレムのヘルト夫人への愛情が結びつき、ゲーテとエルーザレムが融合してウェルテルとなり、ケストナーとブレンターノが融合してアルベルトとなり、実在のロッテの瞳は青かったがマクセの瞳は黒かったので、小説の中のロッテは黒い瞳の女として描きだされることとなった。

母親のラロッシュ夫人はゲーテにブレンターノ家の苦情をいろいろときかせたが、この人がフランクフルトから去った翌日、二月一日に、ゲーテは「ウェルテル」を書きはじめた。「私は全然外部との交渉を断ち、友人の訪問さえも謝絶して、その上、内面的にも、当面直接に関係のないことは、すべて斥けたのであった。そのかわり、自分の企図に多少の関係のあるものは、もれなく集めて、そうして、最近の、いまだその内容を詩材としたことのなかった自分の生活を、もう一度心にくりかえした。こうした状況のうちに、かねて長いあいだいろいろと心中での準備はあったが、『ウェルテル』を、全体の形式または各部の取扱いについてあらかじめなんら紙にまとめておくようなことをしないで、四週間の日子で書きあげた。……私は、夢遊病者のように、ほとんど無意識にこの作を書きあげたのだったから、多少手を入れるつもりで読み直してみたとき、自分でこの作に驚異を感じた」(「詩と真実」)。右の四週間というのはいささか誇張であろうが、三か月にみたなかったことは立証されている。そして、ある研究によれば、このときに創作されたのは主として第二部であって、第一部に属するものは、手紙や日記などからすでに蒐集《しゅうしゅう》されてあり、日付けなども元のままのものが多い。作品の執筆はゲーテがヴェツラールを去ってから、ほぼ一年半の後であった。これに比して、材料となった実際の体験はヴェツラールの一夏とブレンターノ家の二週間ほどであり、このことは作品の真の成立が、外的事情よりも、むしろ覗《うかが》うことのできない詩人の内生活にあることを、語るものであろう。

出版には「ゲッツ」と同様に、作者の名は記されなかった。ゲーテは改版ごとに手を加え、一七八七年のゲッシェン版にいたって現在の形のものとなった。訂正、統一、追加のほかに、ヴァールハイムの後家と下男の插話が加えられ、ケストナーの不満と非難を酙酌《しんしゃく》して、アルベルトの人物から嫉妬ぶかい俗人のブレンターノの要素を減じてケストナーに近づけ、ロッテにも加筆をした。ことに、伯爵家の夜会における侮辱事件が自殺に対して大きな動機となっていたのは、全体の構成からいって不自然であるという、ヘルデルの意見にしたがって、この点も和げられた。ナポレオンがゲーテと会見したとき、この欠点を指摘したと宰相ミュラーの手記に見えているが、ナポレオンが愛読した仏訳は初版本からであったので、その後改訂されたことを知らなかったのである。

性格　「ウェルテル」は「私物語」であり、心理小説である。ここに描かれているのは、結尾の一部分をのぞいて、他はすべてウェルテルという一人物の主観の中に泛んだ世界である。それまでの小説はおおむね冒険小説や道徳小説であったが、「ウェルテル」は文学をこの枠から解放して、ここに個人の内的世界・心理というあたらしい領域をひらいた。これには、ルソーの「新エロイーズ」とともに、おなじく若いゲーテが感激したシェークスピアの一面からの影響を見ることができるであろう。(これは、狂人の場面や、死についての感想の言葉についても、指摘することができる。) すべては外から内へと移された。このために、選ばれた外的の材料はこまかい日常生活であり、この中に霊魂というランプが点《とも》されて、これが「おのれを囚《とら》えて閉じこめている四つの壁の面に、彩《いろどり》ある姿やあかるい風景を描」きだす。この小説の真の場面はせま苦しいロッテの町ではなくて、むしろひろいウェルテルの心の中であり、この領域の中でのあたたかい血の通った直接の体験が微に入り細を穿《うが》ってのべられる。

登場する人物はみないきいきと描かれ、すべて独立した存在である。ことにロッテは、処女で母性で恋人である理想的な女として、純潔であたたかい市民的なマドンナとして、世界文学の中に不滅の俤《おもかげ》をとどめた。しかし、これは特に解説を必要とするような謎をもってはいない。この小説において重要なのは、どこまでも主人公ウェルテルである。その心である。この霊魂のランプが照らしだす風景である。このランプの炎がやがて消されてゆくまでの、波瀾を重ねたゆらめきである。人間の精神史に一つの時期を劃したこのウェルテルとは、いかなる人間像を描いたものであろうか。

これは次のような観点から見ることができる。

青年特有の心理。

ドイツ的なロマンティックな内面性。

時代精神のあらわれ。

この解説の冒頭に引用したエッカーマンへの談話のつづきに、ゲーテは「この作品の生命は、それがある特定の時代のものだからではない、むしろ、すべての人間が一度は経験する感情を表現しているからだ」という意味のことをいっている。そして、さらにつづけて「もし生涯に『ウェルテル』が自分のために書かれたと感じるような時期がないなら、その人は不幸だ」といっている。事実、多くの青年がそう感じたのであった。青年に特有の自己主張のねがい、この意欲とそれを実現する能力とのあいだのギャップとアンバランス、これから生れる倨傲《きょごう》と自己否定、陶酔と絶望、過剰な多感と薄弱な意志、極から極への動揺、分裂、「生得《しょうとく》の自由な自然感と、古くなった環境の制約する形式の」相剋《そうこく》、既成の社会的現実への反感と敵意、空虚感と世界苦、生の倦怠から自己破壊、……このような青年の気持が、ここには青年の好む告白の形で、胸に沁み入るような言葉で、優婉《ゆうえん》にまた激情的にのべてある。まことに題名の「若き……悩み」は内容を裏切っていない。ゲーテは青年、中年、老年と、それぞれの年齢の典型的な生き方をした人であるが、「ウェルテル」の中には、おなじくゲーテの青年期の一面だった「プロメトイス」的な男性的な剛健な創造的活動力のほかは、青年心理の全貌がえがきだされているといってよい。

ロマンティックな内面的なドイツ精神は、ふしぎに青年心理と通じている。それは如上の青年心理が特質とする多くのものを、自分の特質としている。そして、このあくまでも主観的なドイツ精神は、「シュトルム・ウント・ドラング」の運動の中にもっともよくその本質を示しているが、この風潮は当時のあたらしい時代精神であった。そのころまではフランスのきびしい普遍的な古典精神と合理的な啓蒙主義がヨーロッパ精神に君臨していたが、「シュトルム・ウント・ドラング」ははじめてこれに決然たる叛旗をひるがえしたものであった。そして、この時代精神をになう若々しいドイツ精神の、華々しい旗手として登場したのが、「ウェルテル」であった。

ここでは感情・心情がすべてである。「私はおのれが心の内面にかえって、ここに一つの世界をみいだす！」ここにみいだされた世界の消息が、すみからすみまであらゆる襞《ひだ》に入って追求されている。「この心情こそは私が誇る唯一のものであり、力も、浄福も、悲惨も、すべてはこの泉から湧く。ああ、私が知っていることは何人《なんぴと》も知ることができる。ただ、私の心は私だけがもつ。」ウェルテル的人間にとっては、感情が高揚した熱情のみが、至上の根本的な力である。それが外に投影されて世界の像がえがきだされ、これがすべての認識と知覚の根源である。外界は主観の投影の下にのみある。ファウストが自分の少年時代を追想して、

千行の熱い涙の下に
一つの世界が湧き出ずるのを見た

といっているのは、若いゲーテとその時代の人々の世界に対する態度を端的に語っている。このような「生命を吹きこむ聖《きよ》い力」があたらしい創造力であり、万有を抱擁せんとする無限の憧憬《しょうけい》が、この精神の根本情緒である。されば、すべての客観的な妥当的な悟性の法則は、創造的な生

命力をはばむものであり、魂の目標なき力のうごき・遊戯こそ、もっとも生産的なありかたである。こうした自己拡充の実現をゆるさない日常生活や勤務は、おそるべき空虚であり、健全な凡庸は精神を扼殺《やくさつ》するものである。われらのヴィジョンによって充たされていない外界は、貧しく愚かしく聾《みみし》いたものである。自己の内から生産する天才を！　その幻想を！　そして、おのれのために世界を築こうとするこの熱情は人間の限界に挑戦することも敢てし、そのためには盲目的な自己破壊に奔《はし》ることもおそれない……。このような心的状態をあらわす言葉として、「衝動」「充溢」「活動」「温かさ」「内面性」「生ける現存」「湧きたつ憧憬」などという表現がしきりに用いられるが、これらは日本語にはその内容を完全にうつすことができないものである。

　このようなことは、人種的にいって、ゲルマン人がその独特の内面の無限の領域をひらいて人間精神に新次元をあたえたものであり、歴史的にいって、古典主義の法則と啓蒙時代の主知主義の桎梏《しっこく》から精神を解放して、それに天翔《あまかけ》る翼をあたえたものとして、当時の時代精神にいまからは理解にくるしむほどのセンセーションをよんだものだった。

　シュトルム・ウント・ドラングの代表作たる「ウェルテル」によって、あたらしい人間像が確立された。いままでは知られなかった人間の歓びや苦しみが、読者の琴線をかきたてる絃の音色をもって奏《かな》でられた。そして、弱々しく破滅する感傷的な田舎町の一青年の姿が、世紀の人の心に未曾有の波瀾をまきおこした。

思　想　この小説を思想的な観点からみるとき、次のような契機をとりあげることができる。

もちろん、これがこの作品の中で思想問題として論ぜられているというのではなく、この作品を通じて表明された作者の全体的態度がどう解釈されるか、ということである。

人間の自立。

対社会態度。

自然感。

十八世紀前半のドイツの社会は、精神的にも物質的にも、ヨーロッパの落伍者として、みじめなものであり、萎靡沈滞《いびちんたい》をきわめていた。分裂した連邦諸国は田舎の小さな専制国であって、放漫な政治が行われ、固陋な階級意識が確立していて、公けの生活は絶望的だった。市民生活の中では、頑固なキリスト教道徳がすべてを後見していた。そして、文化的には、先進国の模倣をもって能事たれりとする風がふかく浸みていたし、ことに理性悟性を主んずるラテン文化が、元来まったく素質を異にするドイツ精神をきびしく拘束していた。

ここにその当のフランスからルソーの新声があがった。これは偉大な神聖な人権をかかげて、人間の内生活の解放を唱え、そのころもっとも貴ばれていた教養と智識をおとしめ、すべて始原的なものをあがめて、文明を呪い、自然に帰れ、と説いた。その教えは不幸な人類を救済することができるかに思われた。ウェルテルは完全にこの教義への感激の下にある。彼は本を厭《いと》い、自然に酔い、社会の拘束や階級や風習を蔑視《べっし》する。悟性の法則に反抗する気持は、「ウェルテル」のいたるところにある。たとえば、一一ページ、六五ページ、一一五ページなど。感情の命ずるがままに行為する人間のみが、自立し解放された人間である。ここに自由がある。このことから、情熱・感傷・憂鬱・むら気は、それがもっとも人間らしきものであるがゆえに、完全な権利を認められる。ことに愛情・恋愛は、その上にいかなる法廷もなかるべき至上のものである。ウェルテルの恋は他人の結婚の神聖をも、この俗世のものとしてほとんど認めていない。彼は新婚の夫にむかって、自分はその新婦の心の中で第二の席を占めている、とさえ主張する。「ゲッツ」は政治的な自由を、「ウェルテル」は心情の自立を主張したものである。自己の無限の拡充——、この一切の制約を無視する人間解放は、シュトルム・ウント・ドラングの多くの才能ある人々を、ついにはあるいは発狂させ、あるいは自殺させた。ゲーテ自身はやがてこれから脱却して、沈静な古典主義を奉じるようになった。しかし、この傾向はドイツ精神になお脈々として後をひいているものである。

このもっとも個人的な人格の自立は、ただに外的な法則無視というばかりではなく、ひるがえって内面的な自己の根源追求となって、すでに深いものを暗示している。一二三ページの「しょせんは、おのれの分を限界まで堪え、おのれの杯をのみほすことが、人間の運命ではないか？」という前後のあたりは、実存の観念の詩的な表現といっていいであろう。また、ウェルテルにとっては、自殺は単なる逃避ではない。自殺は人間の自由な意志の威厳を立証するためのものである——、この現代文学にしばしば主題となっている考えは「ファウスト」にも出てくるが、「ウェルテル」によっても自殺は「偉大な行為と比較」され(六五ページ)、彼自身の自殺は、ほとんどロッテを接吻してその愛を感じた歓びを永遠に封印せんとするためのものとして描かれている。自殺を論ずるのはこのころの青年の間の流行であり、ゲーテ自身もこの問題を思いめぐらしたことは、前にも記したが、彼が自殺を決行しなかったのは、自殺は「オットー皇帝のように」それによって人間の偉大を立証しうる者のみがなしうる資格がある、と考えたからにほかならなかった。そしてまた、「ウェルテル」という作品がその当時としてはおどろくべく大胆な芸術至上主義の作品であったということも、かかる人間解放のあらわれの一つである。このような一切の社会的道徳的通念から脱却して、それを俗物思想として蹂躙《じゅうりん》し、ただ芸術的価値のみによって自己を主張した作品は、破天荒のことだった。当時のごうごうたる批難はもとより、この芸術と道徳という微妙な点から「ウェルテル」を否定する批評家は、いまなおヨーロッパに少くない。

自然に帰って文明を否定する気持は、全篇にみなぎっている。もっとも素朴な天真の汚されない存在は、子供であり、ウェルテルは子供を熱愛して、ロッテの弟妹たちやヴァールハイム村の子供たちにはつねにあつい愛情をそそいでいる。それから庶民であり、泉に水を汲む下女や、情熱のために殺人をする下男や、村の牧師なども、ウェルテルにとっては理想の中の存在である。村の生活は、むかしの自然な族長時代の俤《おもかげ》をしのばせるものであり、ウェルテルが好んで読みふけるのは、あかるいホーマーから昏《くら》い霧のかかったオシアンなどの古代叙事詩である。これに反して、ブルジョアや貴族はつねに極端な罵倒の的となる。西洋人の階級観念はわれわれには想像できないほど頑固な不寛容なものであり、このブルジョア——俗物に対する攻撃は、後に西欧の文学に好まれた主題となったものであるが、十二月二十四日の手紙には「この町でたがいに睨《にら》みあっている不潔な奴ら、その退屈、光りかがやくその惨状！」への反感や憎悪がいきいきと写されている。また、伯爵邸の夜会でうけた侮辱は、もともとこれがほとんどウェルテルの自殺の動機となるほどのものだったのである。

ウェルテルは人間の自然と共に、宇宙の自然にあくがれる。この憧憬の流露としてもっとも注目すべきものは、五月十日と八月十八日の手紙である。これは後年になって大きく発展したゲーテの汎神論的自然観を、すでに歴々として示している。同じ自然という言葉であらわされるものも、西洋人のそれとわれわれのそれとでは大きな相違がある。西洋人の自然感情は、人間の生命を注ぎ入れられ、生きて呼吸し、脈うって生成創造するものであるか、あるいは道徳的判断の下にあって罪ある邪悪なものか、である。そして、ゲーテの自然観は、全西洋文学の中にあって前者の絶頂をなしている。それは「ファウストの夜の場」のマクロコスモスの呪符と地霊によってもっとも力づよく表現されているが、ウェルテルもまた自然に遍在する生命にとけいって、その「壮麗な現象の力に圧倒されてくずおれる」ほどの痛切な感覚に陶酔し、「無限者の泡だつ杯から噴きこぼれる生命の快楽を啜《すす》りたい」とねがう。自然と生命とはひきはなすことができない。自然の中には、地霊(生命力)の「神の生ける衣を織る」力がはたらいている。この二つの手紙は、ウェルテルのマクロコスモスの呪符である。——しかるに、この後のほうの手紙は終りになって、注目すべき観点の変化をたどっている。ウェルテルの心に失意の翳《かげ》がさしてくるにしたがって、自然は思いもかけぬ意外な様相をあらわしてきた。このうつくしい諧和をもって鳴りひびくと思われた燦然《さんぜん》たる自然には、じつは、恆存もなく調和もない。あるのはただ無意味無目的な流転《るてん》であり、破壊であり、荒涼たる蚕食《さんしょく》である。世界事象は完全に無意義である。ゲーテは生涯を通じて、その調和ある自然観とならんで、この不協和な自然観察をもすてることができなかった。この両者の対立はさまざまの作品にさまざまな形となってあらわれているが、ついに最後に、「われらのとりうるもっとも正当な態度は、理解しうべきものを理解し、理解しうべからざる事実に対しては、ただ敬虔の念をもって対することである」という晩年の智慧に到達した。

右のようなことの帰結として、「ウェルテル」にあらわれた神の救済の観念は特別なものである。それはいまだはっきりとは表現されてはいないが、結局は「努力するかぎり人間は救われる」というに帰する。ただし、この「ファウスト」の中の文句の「努力」という言葉は、日本語のもつ道徳的な意味のものではなく、人間精神の内発の力の必然的な発現——自己拡充の衝動といったようなものである。この中に救いが内在する。ウェルテルの感情は現世の約束には容れられないものではあるが、すべて内心のけがれなき発露であり、生と世界の全部をそのいつわりなき真と美の光をもってつつむ。されば、彼は、その心情の純粋の故に、この世の罪は犯しても、天国に行っては神に容れられその愛を嘉《よみ》される、と確信している(一六九ページ)。

様　式　「ウェルテル」は私物語であり、当時流行のイギリス風の小説やルソーの影響の下に、心理の告白にもっともふさわしい書簡を列ねた形式をとっている。第一巻は幸福な日々の中に悲劇の因《もと》がひそみきたったところを叙し、第二巻は悲劇の展開を(すべて主人公の心理の中で)叙し、第三巻たるべかりし「編者より読者へ」は破局を叙している。ただ、この最後の部分にいたって叙事的となって、前の二巻と観点を異《こと》にするから、全体の様式的統一を害している、ゲーテは原作を改訂することによって七〇ページに記したあやまちをみずから犯している、という評者もあるけれども、しかしそれにしても、全体の結構の整然たるには驚嘆せざるをえない。シュトルム・ウント・ドラングの作品は様式的には乱暴なものであるという通念は、この作品に関するかぎりあてはまらない。すべては最後の破局をさして確実に進行してゆく。ウェルテルの自殺がさけられない運命であることが、「さながら医者が症状の進行をしるすがごとく」に疑いえないように示されている。季節も主人公の気分に相《あい》即して推移してゆく。傍《わき》筋となっているいくつかの挿話もみな悲劇を生かすものとなっている。ヴァールハイムの子供の死、下僕の犯行、狂人の運命、切り仆《たお》された胡桃《くるみ》の樹——、これらのものが巧みに綯《な》いこまれて、主人公の想念の中に泛《うか》んでは消えて次第に色こくなってゆく自殺の想念への、微妙な暗示を重ねてゆく。

ここにはじめて心理小説としての完璧な手法が用いられた。心理の奥の隠約の波瀾を写すために、粗笨《そほん》な目には見のがされるような日常生活の中のこまかい起伏がとりあげられ、その裏にひそむ意味が拡大鏡で見るように的確に大写しにされている。たとえば、四九ページ以下、一一三ページ以下をみよ。小さな事件がそれぞれ象徴的な意味をもって、多彩な綾をなしている。心理的な抒情がこの小説のもっともうったえる力である。素朴な古版画のような場面に、ロココ風のこまやかで優婉《ゆうえん》な、またパセティックな抒情がうつくしい陰翳《いんえい》をもって流れている。

言葉は翻訳によってはうかがうことはできないが、この点でも「ウェルテル」は革命的だった。このころのドイツ語は難渋をきわめたかたいものだったが、ここにはじめて柔軟であたたかい、何人《なんぴと》かがわれらに話しかけるような語る言葉が創造された。うつくしい抒情、簡素な描写、戯曲の断片、複雑な思索、ながながとした雄弁——、ときに甘美に、ときに憂鬱に、ときに反抗的憤激的に、牧歌のようにまた聖讃歌のように、千変万化している。

位　置　「若きウェルテルの悩み」が一七七四年九月に出版されたときには、異常なセンセーションをひきおこして世を聳動《しょうどう》し、驚嘆と戦慄と興奮をよびおこした。二十五歳の青年がこれほどにも完全な手法と、独自の世界と、豊富な人生智とを示したことは、例がないことであった。ウェルテル熱ともいうべきものがおこって、精神的インフルエンザがひろまり、若い人々はウェルテルの服装をして、自殺を論じ、考え、決行した。離婚が流行した。ライプチヒの市会は、大学の神学部の申し込みによって十ターラーの罰金を課して発売を禁止した。劇となり模作がされ、パロディが作られ、街頭の読物となった。ドイツ文学はここにはじめて外国に出ることとなり、ナポレオンはこれを陣中にたずさえて七回読んだ。十八世紀の終りまでに、フランス語で十五度、英語で十二度、イタリア語で二度印刷され、そのほかヨーロッパの各国語に翻訳された。ゲーテは晩年に、ウェルテルとロッテの恋の場面が、シナ人の陶器に描かれたのを見て、それを詩にしている。そして、ゲーテはひさしいあいだ「ウェルテル」の作者として知られていた。彼自身もこの作品に大きな誇りをもっていたことは、談話や詩にみえている。

「ウェルテル」はリチャードソンやルソーの影響の下にあって、これを一歩すすめたものであったが、「ウェルテル」の影響によって生れた文学のうちでの傑作としては、イタリアのウゴ・フォセオロの「ジャコポ・オルティス」、フランスではセナンクールの「オーベルマン」、バンジャマン・コンスタンの「アドルフ」、シャトーブリアンの「ルネ」などがあげられている。フランス文学に及ぼしたロマンティックなドイツ精神の影響のもっとも大きなものの一つであった。そして、小説は十九世紀末にいたって、社会学的なまた生物学的な立場にたったが、現代にはふたたび心理がその中心となったから、「ウェルテル」は現代小説の系列の先頭にあるものということができる。

日本にもこれで二十いくつか目の翻訳がでたこととなる。この翻訳にあたっては国松孝二氏の訳から多くの教えをえた。そして、出版のためには、岩波書店の中村佼子さんに多くの御配慮をうけた。あわせてあつくお礼を申しあげたい。

昭和二十六年三月

訳者

若《わか》きウェルテルの悩《なや》み　ゲーテ作

1951年 4 月25日　第 1 刷発行
1978年12月18日　第33刷改版発行
1999年 2 月 5 日　第70刷発行

訳　者　竹山道雄《たけやまみちお》

発行者　大塚信一

発行所　株式会社　岩波書店
〒101-8002 東京都千代田区一ツ橋 2-5-5

電　話　案内 03-5210-4000　営業部 03-5210-4111
文庫編集部 03-5210-4051

印刷・精興社　製本・中永製本

ISBN 4-00-324051-0　Printed in Japan

読書子に寄す

——岩波文庫発刊に際して——

岩波茂雄

真理は万人によって求められることを自ら欲し、芸術は万人によって愛されることを自ら望む。かつては民を愚昧ならしめるために学芸が最も狭き堂宇に閉鎖されたことがあった。今や知識と美とを特権階級の独占より奪い返すことはつねに進取的なる民衆の切実なる要求である。岩波文庫はこの要求に応じそれに励まされて生まれた。それは生命ある不朽の書を少数者の書斎と研究室とより解放して街頭にくまなく立たしめ民衆に伍せしめるであろう。近時大量生産予約出版の流行を見る。その広告宣伝の狂態はしばらくおくも、後代にのこすと誇称する全集がその編集に万全の用意をなしたるか。千古の典籍の翻訳企図に敬虔の態度を欠かざりしか。さらに分売を許さず読者を繫縛して数十冊を強うるがごとき、はたしてその揚言する学芸解放のゆえんなりや。吾人は天下の名士の声に和してこれを推挙するに躊躇するものである。このときにあたって、岩波書店は自己の責務のいよいよ重大なるを思い、従来の方針の徹底を期するため、すでに十数年以前より志して来た計画を慎重審議この際断然実行することにした。吾人は範をかのレクラム文庫にとり、古今東西にわたって文芸・哲学・社会科学・自然科学等種類のいかんを問わず、いやしくも万人の必読すべき真に古典的価値ある書をきわめて簡易なる形式において逐次刊行し、あらゆる人間に須要なる生活向上の資料、生活批判の原理を提供せんと欲する。この文庫は予約出版の方法を排したるがゆえに、読者は自己の欲する時に自己の欲する書物を各個に自由に選択することができる。携帯に便にして価格の低きを最主とするがゆえに、外観を顧みざるも内容に至っては厳選最も力を尽くし、従来の岩波出版物の特色をますます発揮せしめようとする。この計画たるや世間の一時の投機的なるものと異なり、永遠の事業として吾人は微力を傾倒し、あらゆる犠牲を忍んで今後永久に継続発展せしめ、もって文庫の使命を遺憾なく果たさしめることを期する。芸術を愛し知識を求むる士の自ら進んでこの挙に参加し、希望と忠言とを寄せられることは吾人の熱望するところである。その性質上経済的には最も困難多きこの事業にあえて当たらんとする吾人の志を諒として、その達成のため世の読書子とのうるわしき共同を期待する。

昭和二年七月

《ドイツ文学》

ニーベルンゲンの歌 全二冊　相良守峯訳
若きウェルテルの悩み　ゲーテ　竹山道雄訳
ファウスト 全二冊　ゲーテ　相良守峯訳
イタリア紀行 全三冊　ゲーテ　相良守峯訳
詩と真実 全四冊　ゲーテ　山崎章甫訳
群盗　シラー　久保栄訳
悲劇 マリア・ストゥアルト　シラー　相良守峯訳
美と芸術の理論 ―カリアス書簡　シラー　草薙正夫訳
ほらふき男爵の冒険　ビュルガー編　新井皓士訳
青い花　ノヴァーリス　青山隆夫訳
ホフマン短篇集　池内紀編訳
水妖記(ウンディーネ)　フーケー　柴田治三郎訳
影をなくした男　シャミッソー　池内紀訳
流刑の神々・精霊物語　ハインリヒ・ハイネ　小沢俊夫訳
完訳 グリム童話集 全五冊　金田鬼一訳
メルヒェン集 盗賊の森の一夜　ハウフ　池田香代子訳

黒い蜘蛛　ゴットヘルフ　山崎章甫訳
旅の日のモーツァルト　メーリケ　宮下健三訳
みずうみ 他四篇　シュトルム　関泰祐訳
輪舞　シュニッツラー　中村政雄訳
地霊・パンドラの箱 ―ルル二部作　F・ヴェデキント　岩淵達治訳
マルテの手記　リルケ　望月市恵訳
トニオ・クレエゲル　トオマス・マン　実吉捷郎訳
ヴェニスに死す　トオマス・マン　実吉捷郎訳
トオマス・マン短篇集　実吉捷郎訳
魔の山 全二冊　トーマス・マン　関・望月訳
ゲーテとトルストイ　トーマス・マン　山崎・高橋訳
車輪の下　ヘルマン・ヘッセ　実吉捷郎訳
デミアン　ヘルマン・ヘッセ　実吉捷郎訳
マリー・アントワネット 全二冊　シュテファン・ツワイク　高橋・秋山訳
ジョゼフ・フーシェ　シュテファン・ツワイク　高橋・秋山訳
変身 他一篇　カフカ　山下肇訳
審判　カフカ　辻瑆訳

カフカ短篇集　池内紀編訳
カフカ寓話集　池内紀編訳
暴力批判論 他十篇 ―ベンヤミンの仕事1　ヴァルター・ベンヤミン　野村修編訳
ボードレール 他五篇 ―ベンヤミンの仕事2　ヴァルター・ベンヤミン　野村修編訳
三文オペラ　ブレヒト　千田是也訳
ドイツ名詩選　生野幸吉・檜山哲彦編
ドイツ炉辺ばなし集 ―カレンダーゲシヒテン　ヘーベル　木下康光編訳
増補 ドイツ文学案内　手塚富雄・神品芳夫

《フランス文学》

ロランの歌　有永弘人訳
トリスタン・イズー物語　ベディエ編　佐藤輝夫訳
ラ・ロシュフコー箴言集　二宮フサ訳
ドン・ジュアン　モリエール　鈴木力衛訳
守銭奴　モリエール　鈴木力衛訳
タルチュフ　モリエール　鈴木力衛訳
病は気から　モリエール　鈴木力衛訳
完訳 ペロー童話集　新倉朗子訳

クレーヴの奥方 他二篇	ラファイエット夫人	生島遼一訳
フェードル アンドロマック	ラシーヌ	渡辺守章訳
マノン・レスコー	アベ・プレヴォ	河盛好蔵訳
孤独な散歩者の夢想	ルソー	今野一雄訳
告白 全三冊	ルソー	桑原武夫訳
新エロイーズ 全四冊	ルソー	安士正夫訳
セヴィラの理髪師	ボーマルシェ	進藤誠一訳
危険な関係 全二冊	ラクロ	伊吹武彦訳
美味礼讃 全二冊	ブリア-サヴァラン	関根・戸部訳
赤と黒 全二冊	スタンダール	桑原・生島訳
パルムの僧院 全二冊	スタンダール	生島遼一訳
恋愛論 全二冊	スタンダール	前川堅市訳
「絶対」の探求	バルザック	水野亮訳
知られざる傑作 他五篇	バルザック	水野亮訳
ゴリオ爺さん 全二冊	バルザック	高山鉄男訳
レ・ミゼラブル 全四冊	ユーゴー	豊島与志雄訳
死刑囚最後の日	ユーゴー	豊島与志雄訳

モンテ・クリスト伯 全七冊	デュマ	山内義雄訳
三銃士 全二冊	デュマ	生島遼一訳
カルメン	メリメ	杉捷夫訳
メリメ怪奇小説選		杉捷夫編訳
愛の妖精（プチット・ファデット）	ジョルジュ・サンド	宮崎嶺雄訳
フランス田園伝説集	ジョルジュ・サンド	篠田知和基訳
悪の華	ボオドレール	鈴木信太郎訳
ボヴァリー夫人 全二冊	フローベール	伊吹武彦訳
感情教育 全二冊	フローベール	生島遼一訳
椿姫	デュマ・フィス	吉村正一郎訳
地底旅行	ジュール・ヴェルヌ	朝比奈弘治訳
風車小屋だより	ドーデー	桜田佐訳
アルルの女	ドーデー	桜田佐訳
月曜物語	ドーデー	桜田佐訳
エピクロスの園	アナトール・フランス	大塚幸男訳
女の一生	モーパッサン	杉捷夫訳
脂肪の塊	モーパッサン	水野亮訳

地獄の季節	ランボオ	小林秀雄訳
死都ブリュージュ	ローデンバック	窪田般弥訳
にんじん	ルナアル	岸田国士訳
ぶどう畑のぶどう作り	ルナアル	岸田国士訳
博物誌	ルナール	辻昶訳
ジャン・クリストフ 全四冊	ロマン・ローラン	豊島与志雄訳
愛と死との戯れ	ロマン・ロラン	片山敏彦訳
ベートーヴェンの生涯	ロマン・ロラン	片山敏彦訳
ミケランジェロの生涯	ロマン・ロラン	高田博厚訳
ミレー	ロマン・ロラン	蛯原徳夫訳
シラノ・ド・ベルジュラック	ロスタン	辰野・鈴木訳
狭き門	アンドレ・ジイド	川口篤訳
法王庁の抜け穴	アンドレ・ジイド	石川淳訳
レオナルド・ダヴィンチの方法	ポール・ヴァレリー	山田九朗訳
地獄	アンリ・バルビュス	田辺貞之助訳
グラン・モーヌ	アラン＝フルニエ	天沢退二郎訳
シェリ	コレット	工藤庸子訳

牝猫　コレット　工藤庸子訳
海の沈黙・星への歩み　ヴェルコール　河野・加藤訳
恐るべき子供たち　コクトー　鈴木力衛訳
シュルレアリスム宣言・溶ける魚　アンドレ・ブルトン　巖谷國士訳
とどめの一撃　ユルスナール　岩崎力訳
人はすべて死す　全二冊　ボーヴォワール　川口・田中訳
短篇集 恋の罪　サド　植田祐次訳
フランス民話集　新倉朗子編訳
フランス名詩選　安藤元雄・入沢康夫・渋沢孝輔編
増補フランス文学案内　渡辺一夫　鈴木力衛

《ロシア文学》

完訳クルイロフ寓話集　内海周平訳
釣魚雑筆　アクサーコフ　貝沼一郎訳
オネーギン　プーシキン　池田健太郎訳
スペードの女王・ベールキン物語　プーシキン　神西清訳
プーシキン詩集　金子幸彦訳
現代の英雄　レールモントフ　中村融訳

狂人日記　他二篇　ゴーゴリ　横田瑞穂訳
外套・鼻　ゴーゴリ　平井肇訳
初恋　ツルゲーネフ　米川正夫訳
ルージン　ツルゲーネフ　中村融訳
猟人日記　全二冊　ツルゲーネフ　佐々木彰訳
二重人格　ドストエフスキー　小沼文彦訳
罪と罰　全三冊　ドストエーフスキイ　中村白葉訳
カラマーゾフの兄弟　全四冊　ドストエーフスキイ　米川正夫訳
ソーニャ・コヴァレフスカヤ　—自伝と追想—　野上弥生子訳
戦争と平和　全四冊　トルストイ　米川正夫訳
アンナ・カレーニナ　全三冊　トルストイ　中村融訳
民話集 人はなんで生きるか　他四篇　トルストイ　中村白葉訳
民話集 イワンのばか　他八篇　トルストイ　中村白葉訳
イワン・イリッチの死　トルストイ　米川正夫訳
光あるうちに光の中を歩め　トルストイ　米川正夫訳
人生論　トルストイ　中村融訳
あかい花　他四篇　ガルシン　神西清訳

可愛い女・犬を連れた奥さん　他一篇　チェーホフ　神西清訳
桜の園　チェーホフ　小野理子訳
文学と革命　全二冊　トロツキイ　桑野隆訳
シベリア民話集　斎藤君子編訳
ロシア民話集　全二冊　アファナーシェフ　中村喜和編訳

《東洋文学》

- 陶淵明全集 全二冊 松枝茂夫・和田武司訳注
- 李白詩選 松浦友久編訳
- 杜甫詩選 黒川洋一編
- 蘇東坡詩選 小川環樹・山本和義選訳
- 唐詩選 全三冊 前野直彬注解
- 中国名詩選 全三冊 松枝茂夫編
- 唐宋伝奇集 全二冊 今村与志雄訳
- 完訳 三国志 全八冊 小川環樹・金田純一郎訳
- 完訳 水滸伝 全十冊（五以下毎月刊） 吉川幸次郎・清水茂訳
- 西遊記 全十冊 小野忍・中野美代子訳
- 金瓶梅 全十冊 小野忍・千田九一訳
- 聊斎志異 全二冊 蒲松齢 立間祥介編訳
- 菜根譚 今井宇三郎訳注
- 阿Q正伝・狂人日記 他十二篇 魯迅 竹内好訳
- 朝《ちょう》花《か》夕《せき》拾《しゅう》 魯迅 松枝茂夫訳
- 魯迅評論集 竹内好編訳
- 家 全二冊 巴金 飯塚朗訳
- 中国民話集 飯倉照平編訳
- リグ・ヴェーダ讃歌 辻直四郎訳
- アタルヴァ・ヴェーダ讃歌 ―古代インドの呪法 辻直四郎訳
- ヒトーパデーシャ ―処世の教え 金倉円照・北川秀則訳
- マハーバーラタ ナラ王物語 鎧淳訳
- バガヴァッド・ギーター 上村勝彦訳
- アイヌ神謡集 知里幸恵編訳

《ギリシア・ラテン文学》

- ホメロス イリアス 全二冊 松平千秋訳
- ホメロス オデュッセイア 全二冊 松平千秋訳
- 四つのギリシャ神話 ―「ホメーロス讃歌」より 逸身喜一郎・片山英男訳
- アイスキュロス アガメムノーン 久保正彰訳
- アイスキュロス 縛られたプロメーテウス 呉茂一訳
- ソポクレース アンティゴネー 呉茂一訳
- ソポクレス オイディプス王 藤沢令夫訳
- ヘシオドス 神統記 廣川洋一訳
- アポロドーロス ギリシア神話 高津春繁訳
- 黄金のろば 全二冊 アプレイウス 呉・国原訳
- サテュリコン ―古代ローマの諷刺小説 ペトロニウス 国原吉之助訳
- ギリシア・ローマ神話 ブルフィンチ 野上弥生子訳
- ギリシア・ローマ古典文学案内 高津春繁・斎藤忍随

《イギリス文学》

- 完訳 カンタベリー物語 全三冊 チョーサー 桝井迪夫訳
- ユートピア トマス・モア 平井正穂訳
- ロミオとジューリエット シェイクスピア 平井正穂訳
- ハムレット シェイクスピア 市河・松浦訳
- 十二夜 シェイクスピア 小津次郎訳
- お気に召すまま シェイクスピア 阿部知二訳
- ジュリアス・シーザー シェイクスピア 中野好夫訳
- ヴェニスの商人 シェイクスピア 中野好夫訳

オセロウ　シェイクスピア　菅泰男訳
リア王　シェイクスピア　斎藤勇訳
マクベス　シェイクスピア　木下順二訳
ソネット集　シェイクスピア　高松雄一訳
失楽園　全二冊　ミルトン　平井正穂訳
ロビンソン・クルーソー　全二冊　デフォー　平井正穂訳
ガリヴァー旅行記　スウィフト　平井正穂訳
トム・ジョウンズ　全四冊　フィールディング　朱牟田夏雄訳
ワーズワース詩集　田部重治選訳
対訳ワーズワス詩集　—イギリス詩人選(3)　山内久明編
アイヴァンホー　全二冊　スコット　菊池武一訳
高慢と偏見　全二冊　ジェーン・オースティン　富田彬訳
説きふせられて　ジェーン・オースティン　富田彬訳
ディケンズ短篇集　小池滋　石塚裕子訳
オリヴァ・ツウィスト　全二冊　ディケンズ　本多季子訳
ジェイン・エア　全二冊　シャーロット・ブロンテ　遠藤寿子訳

嵐が丘　全二冊　エミリ・ブロンテ　阿部知二訳
サイラズ・マーナー　G・エリオット　土井治訳
白衣の女　全三冊　ウィルキー・コリンズ　中島賢二訳
夢の女・恐怖のベッド　他六篇　ウィルキー・コリンズ　中島賢二訳
テス　全二冊　ハーディ　井上・石田訳
ラ・プラタの博物学者　ハドソン　岩田良吉訳
はるかな国　とおい昔　ハドソン　寿岳しづ訳
宝島　スティーヴンスン　阿部知二訳
ジーキル博士とハイド氏　スティーヴンスン　海保眞夫訳
バラントレーの若殿　スティーヴンスン　海保眞夫訳
心　—日本の内面生活の暗示と影響　ラフカディオ・ハーン　平井呈一訳
怪談　—不思議なことの物語と研究　ラフカディオ・ハーン　平井呈一訳
ドリアン・グレイの画像　ワイルド　西村孝次訳
サロメ　ワイルド　福田恆存訳
ヘンリ・ライクロフトの私記　ギッシング　平井正穂訳
ギッシング短篇集　小池滋編訳

人と超人　バーナード・ショー　市川又彦訳
闇の奥　コンラッド　中野好夫訳
密偵　コンラッド　土岐恒二訳
西欧人の眼に　全二冊　コンラッド　中島賢二訳
キプリング短篇集　橋本槇矩編訳
イエイツ詩抄　山宮允訳
タイム・マシン　他九篇　H・G・ウェルズ　橋本槇矩訳
モロー博士の島　他九篇　H・G・ウェルズ　橋本・鈴木訳
解放された世界　H・G・ウェルズ　浜野輝訳
サキ傑作集　河田智雄訳
月と六ペンス　モーム　阿部知二訳
読書案内　モーム　西川正身訳
世界の十大小説　全二冊　モーム　西川正身訳
フォースター評論集　小野寺健編訳
マンスフィールド短篇集　幸福・園遊会　他十七篇　崎山正毅　伊澤龍雄訳
文芸批評論　T・S・エリオット　矢本貞幹訳

カタロニア讃歌　ジョージ・オーウェル　都築忠七訳
オーウェル評論集　小野寺健編訳
アイルランド —歴史と風土　オフェイロン　橋本槇矩訳
イギリス名詩選　平井正穂編
20世紀イギリス短篇選　全二冊　小野寺健編訳
イギリス民話集　河野一郎編訳
対訳 英米童謡集　河野一郎編訳

《アメリカ文学》

フランクリン自伝　松本慎一・西川正身訳
ギリシア・ローマ神話　ブルフィンチ　野上弥生子訳
中世騎士物語　ブルフィンチ　野上弥生子訳
アルハンブラ物語　全二冊　アーヴィング　平沼孝之訳
完訳 緋文字　ホーソーン　八木敏雄訳
ホーソーン短篇小説集　坂下昇編訳
黒猫・モルグ街の殺人事件 他五篇　ポオ　中野好夫訳
対訳 ポー詩集 —アメリカ詩人選(1)　加島祥造編

森の生活(ウォールデン)　全二冊　H・D・ソロー　飯田実訳
市民の反抗 他五篇　H・D・ソロー　飯田実訳
草の葉　全三冊　ホイットマン　酒本雅之訳
対訳 ホイットマン詩集 —アメリカ詩人選(2)　木島始編
白鯨　全三冊　メルヴィル　阿部知二訳
幽霊船 他一篇　メルヴィル　坂下昇訳
対訳 ディキンソン詩集 —アメリカ詩人選(3)　亀井俊介編
ハックルベリー・フィンの冒険　全二冊　マーク・トウェイン　西田実訳
王子と乞食　マーク・トウェイン　村岡花子訳
不思議な少年　マーク・トウェイン　中野好夫訳
人間とは何か　マーク・トウェイン　中野好夫訳
新編 悪魔の辞典　ビアス　西川正身編訳
ある婦人の肖像　全三冊　ヘンリー・ジェイムズ　行方昭夫訳
アスパンの恋文　ヘンリー・ジェイムズ　行方昭夫訳
オー・ヘンリー傑作選　大津栄一郎訳
荒野の呼び声　ジャック・ロンドン　海保眞夫訳

楡の木陰の欲望　オニール　井上宗次訳
シスター・キャリー　全二冊　ドライサー　村山淳彦訳
大地　全四冊　パール・バック　小野寺健訳
フイッツジェラルド短篇集　佐伯泰樹編訳
日はまた昇る　ヘミングウェイ　谷口陸男訳
武器よさらば　全二冊　ヘミングウェイ　谷口陸男訳
アメリカ名詩選　亀井俊介・川本皓嗣編

《南北欧文学その他》

ダンテ 神曲　全三冊　山川丙三郎訳
ルネッサンス巷談集　フランコ・サケッティ　杉浦明平訳
わが秘密　ペトラルカ　近藤恒一訳
抜目のない未亡人　ゴルドーニ　平川祐弘訳
カルヴィーノ イタリア民話集　全二冊　河島英昭編訳
むずかしい愛　カルヴィーノ　和田忠彦訳
エル・シードの歌　長南実訳
エスピノーサ スペイン民話集　三原幸久編訳

ドン・キホーテ 正続全六冊　セルバンテス　永田・高橋訳
フェンテス短篇集 アウラ・純な魂 他四篇　木村榮一訳
伝奇集　J・L・ボルヘス　鼓直訳
完訳アンデルセン童話集 全七冊　大畑末吉訳
フィンランド叙事詩 カレワラ 全二冊　リョンロット編　小泉保訳
絵のない絵本　アンデルセン　大畑末吉訳
アンデルセン自伝　大畑末吉訳
ラサリーリョ・デ・トルメスの生涯　会田由訳
イプセン 人形の家　原千代海訳
イプセン 野鴨　原千代海訳
イプセン 幽霊　原千代海訳
イプセン ヘッダ・ガーブレル　原千代海訳
おばあさん　ニェムツォヴァー　栗栖継訳
クオ・ワディス 全三冊　シェンキェーヴィチ　木村彰一訳
オルトゥタイ ハンガリー民話集　徳永・石本　岩崎・粂栄訳
尼僧ヨアンナ　イヴァシュキェヴィッチ　関口時正訳

灰とダイヤモンド 全二冊　アンジェイェフスキ　川上洸訳
アラブ飲酒詩選　アブー・ヌワース　塙治夫編訳
完訳千一夜物語 全十三冊　豊島・渡辺　佐藤・岡部訳
ルバイヤート　オマル・ハイヤーム　小川亮作訳

《別冊》

増補フランス文学案内　渡辺一夫　鈴木力衛
増補ドイツ文学案内　手塚富雄　神品芳夫
ギリシア・ローマ古典文学案内　高津春繁　斎藤忍随
世界文学のすすめ　大岡・奥本・川村　小池・沼野編
読書のすすめ　岩波文庫編集部編
ことばの花束 —岩波文庫の名句365　岩波文庫編集部編
ことばの贈物 —岩波文庫の名句365　岩波文庫編集部編
ことばの饗宴 —読者が選んだ岩波文庫の名句365　岩波文庫編集部編
愛のことば —岩波文庫から　岩波文庫編集部編
ポケットアンソロジー 恋愛について　中村真一郎編
原文対照 古典のことば —岩波文庫から　岩波文庫編集部編

岩波文庫解説総目録 —1927〜1996 全三冊　岩波文庫編集部編

岩波文庫の最新刊

木下順二
子午線の祀り・沖縄 他一篇
—木下順二戯曲選IV—
勝敗を決するものは、人知の限りを尽くした人力と、いま一つは人力を超えたなにものかの力——『平家物語』を題材とした代表作。
〔緑一〇〇-四〕 本体六〇〇円

柴田宵曲／小出昌洋編
新編 俳諧博物誌
兎、猫、コスモスなど動植物17のテーマでよまれた俳諧をとりあげ、著者ならではの評釈を加えた俳諧随筆。(解説=奥本大三郎)
〔緑一〇六-四〕 本体六〇〇円

吉川幸次郎・清水茂訳
完訳 水滸伝 (四)
酒の勢いで酒楼の壁に書き付けた詩に謀叛の志を読みとられ、宋江は刑場に送られるが、危機一髪、梁山泊の面々が刑場になだれこむ。
〔赤一六-四〕 本体六六〇円

コンラッド／中島賢二訳
西欧人の眼に (下)
ひと癖ありげな革命家たち、ハルディンの純真な妹、胡散臭いイギリス人——絶えざる精神的動揺のなかで、ラズーモフの下した決断は……。
〔赤二四八-五〕 本体六〇〇円

岩槻邦男・須原準平訳
メンデル 雑種植物の研究
生物の遺伝の基礎を定める根本法則の記された論文。実験の進め方や結果の検証における、メンデルの科学的な態度が示されている。
〔青九三二-一〕 本体四〇〇円

……今月の重版再開

町田嘉章・浅野建二編
わらべうた
本体六〇〇円 〔黄二三七-一〕

ラシーヌ／渡辺守章訳
フェードル アンドロマック
本体七〇〇円 〔赤五一二-四〕

小野寺健編訳
20世紀イギリス短篇選 上・下
本体各六〇〇円 〔赤二七〇-一・二〕

久保勉訳編
ケーベル博士随筆集
本体五六〇円 〔青六四一-一〕

プルタルコス／柳沼重剛訳
饒舌について 他五篇
本体五〇〇円 〔青六六四-一〕

1999. 1.